KB146525

서로 다른 기념일

서로
다른

기념일

사이토 하루미치 Harumichi Saito 지음
김영현 옮김

다다
서재

차례

남자 사진가는 청인聽人의 집안에서 태어나 자랐고,

음성언어인 일본어에 기초한 교육을 받았습니다.

(본격적으로 수화언어를 사용하기 시작한 것은 열여섯 살부터입니다.)

여자 사진가는 농인聾人의 집안에서 태어나 자랐고,

태어났을 때부터 수화언어로 소통했습니다.

음성언어와 수화언어는 서로 다른 언어입니다.

언어가 다르면 보이는 세계도 다릅니다.

시간이 지나 두 사람은 결혼했고, 아이가 태어났습니다.

아무래도 들을 수 있는 모양입니다. 청인입니다.

몸이 다르면 보이는 세계도 다릅니다.

이처럼 '서로 다른' 세 사람,

매일 어떻게 생활할까요.

이 책은 남자 사진가의 시점에서 기록했습니다.

일러두기

1. 각주는 모두 옮긴이의 것입니다. 지은이의 주석은 본문에 '지은이 주'를 명기했습니다.
2. 외래어는 국립국어원 외래어 표기법을 준수하되, 일부는 일상에서 널리 쓰이는 표기를 따랐습니다.
3. 각주에서 언급하는 한국수어의 출처는 국립국어원 한국수어사전입니다. (http://sldict. korean.go.kr)
4. 원문에서 지은이는 자신의 아이를 '이쓰키 씨'라고 부르지만, 이 책에서는 가독성을 위해 '이쓰키'라고 옮겼습니다.

2015. 12

1

노래를 부르다

───────────────── 。

이쓰키가 태어나고 두 달이 될 무렵이었다. 아내 마나미가 출산 이후 심해진 요통을 치료하기 위해 몇 시간 집을 비웠다. 잠시 마나미의 부모님 댁에서 지낼 때였는데, 마침 다른 가족들도 모두 외출해서 처음으로 이쓰키와 단둘이 집을 보게 되었다.

간식을 먹고 마나미는 집을 나섰다. 나는 이쓰키를 안은 채 외출하는 마나미를 배웅했다. 점점 닫히는 문틈으로 집 안을 들여다보는 마나미를 이쓰키는 조용히 바라보았다. 문이 닫히던 순간, 이쓰키가 "앙."이라고 하듯이 입을 벙긋했던 것이 묘하게 선명히 기억난다.

이쓰키가 낮잠을 짧게 잤기에 좀더 재우려고 한동안 집 안을 어슬렁댔다.

안고 걸어 다닐 때는 아이도 조용히 눈을 감고 있었다. 그런데 자려나 보다 싶어 옆으로 누이면 곧장 얼굴이 새빨개지면서 손발을 버둥거리고 칭얼댔다. 텔레비전이라도 보면서 재우려고 잠시 멈춰 서면 그것도 싫어했다. 마나미가 외출하기 전에 젖을 충분히 먹였고 몸 상태도 나쁘지 않았다. 기저귀 역시 깨끗했다.

이쓰키는 내가 의자에 앉는 것조차 용납하지 않았다. 옆으로 누이거나 한자리에 가만히 있는 걸 싫어했다. 무조건 안고 움직이길 원했다.

그날은 이쓰키가 아침부터 계속 그랬다. 엄마가 자리를 비워서 불안했던 걸까.

아이를 안는 것은 전혀 어렵지 않지만, 한 시간 넘게 집 안을 맴돌다 보니 아무래도 답답했다. 아기띠로 이쓰키를 안고 산책을 나섰다.

12월 중순임에도 눈으로 유명한 니가타현에 눈이 전혀 쌓이지 않을 만큼 따뜻한 겨울이라고 뉴스에서 들었는데 과연 별로 춥지 않았다. 그래도 하늘은 겨울답게 맑게 개어 쨍한 파란색이었다.

집 근처 공원에서는 초등학생들이 책가방을 내팽개치고 축구를 하고 있었다. 공원이라고 해도 조그만 마을회관 외에는 놀이기구 하나 없는 광장이어서 벤치만 덩그러니 놓여 있을 뿐이었다. 이쓰키를 안고 별다른 목적도 없이 어슬렁거렸다.

깡충깡충 뛰거나, 양옆으로 반복해서 뛰어보기도 했다. 스쿼을 하거나, 에그자일EXILE*의 안무처럼 빙글빙글 돌며 앉았다 일어났다. 아무튼 상하좌우로 자극을 줘서 아이를 재우겠다는 작전이었다. 하지만 이쓰키는 말똥말똥하게 주위를 둘러볼 뿐, 작전은 전혀 효과가 없었다. 평소에는 이 정도 움직이면 잠들었다. 특히 에그자일의 안무는 이쓰키를 재우는 데 특효약이었다.

계속 춤을 추는 것도 중노동이라 점점 대퇴사두근과 햄스트링이 덜덜 떨렸다. 잠깐 아이폰이라도 보면서 쉬려고 벤치에 앉았다. 앉자마자 이쓰키의 얼굴에 먹구름이 잔뜩 끼었다. 지금껏 평온했는데. 이유는 모르겠지만 내가 앉으면 무조건 싫어했다.

---

*   일본의 남성 댄스 그룹. 2001년부터 활동하며 지금도 많은 인기를 얻고 있다.

이쓰키가 눈썹을 꾹 찡그렸다. 코를 중심으로 조금씩 얼굴이 빨갛게 물들었다. 이대로는 울겠다 싶어서 일어나자 순식간에 빨간색이 슥 사라지며 주름 없이 평온한 표정이 되었다. 다시 살짝 앉아보았다. 이번에도 얼굴에 힘이 꾹 들어가며 빨간색이 퍼져 나갔다. 일어나면 다시 빨간색이 사라지고….

얼굴색의 변화가 신기하고, 재밌고, 귀여워서, 살짝 장난치고 싶은 마음에 앉았다 일어나길 반복했다. 이쓰키는 앉을 때마다 순식간에 끓어올라서 새빨간 귀신의 가면처럼 무섭게 얼굴을 찡그렸다가 일어나면 금세 넋이 나간 듯 무색투명한 표정이 되었다.

'히힛, 신기하다. 한 번 더 해야지. 히히히, 재밌다. 귀엽기도 하고… 앗, 자꾸 놀려서 미안! 그래도 마지막으로 한 번만….'

그 무렵 이쓰키는 가벼운 지루성 습진에 걸려서 어렴풋한 젖내와 더불어 뭐라 표현하기 어려운 냄새가 두피에서 났다. '코를 찌르는 이 향도 좋구나. 왠지 사랑스러워. 그래도 습진은 얼른 치료해야지.' 이렇게 생각하면서 이쓰키와 볼을 맞대고 일어섰다 앉았다 반복했다. 결국 아이폰을 볼 새도 없이 계속 이쓰키를 어르고 달랬다.

문득 한 장소가 떠올랐다.

'그 언덕 위에서 마을을 내려다보면 분명히 장관일 거야.'

마나미의 부모님 댁은 도쿄 인근의 신도시인 다마뉴타운에서
도 가장 오래전에 개발된 지역에 자리한 공영주택이다. 그 집
근처에 일대를 한눈에 내려다볼 수 있을 듯한 언덕이 있다.

공원에서 그 언덕까지 걸어가면 15분 정도 걸릴까. 이쓰키
가 잠들 기미도 보이지 않아서 그곳에 가보기로 했다.

가는 길에 별로 할 일도 없어서 이쓰키의 이름을 불렀다.

이쓰키

이쓰키

너의   이름은   이쓰키

너는   너는   이쓰키

이쓰키

왜   여기   있니

어이   어이   어이   이쓰키

처음에는 천천히 웅얼거릴 뿐이었다. 하지만 막상 목소리
를 내보니 왠지 목구멍에 소리가 걸리는 것만 같았다. 게다가
목소리가 끊기는 순간의 침묵이 너무나 고요해서 다른 의미
로 입이 심심했다. 그래서 조각조각 끊기는 소리와 소리를 부
드럽게 이으려고 신경 쓰며, 목소리를 더 내보았다.

노래를 부르다

호, 이쓰키 어, 어, 어이, 이쓰키

야, 야, 이쓰키 어이, 어이

이쓰키 야야야, 야, 야호, 이이쓰쓰키키키

키이, 키이, 키이… 키키키키키, 이 쓰 키

이 쓰 키, 라라랄라

이 쓰 키, 음음음음, 라라랄라

너의 이름은, 이 쓰 키

의미 없는 추임새까지 넣으면서 이런저런 방식으로 이쓰키의 이름을 불렀다. '목소리를 내는 감각, 정말 오랜만이네.' 약간 즐거웠다. 남이 보면 엄청 이상한 사람 같을 걸 알면서도 목소리를 내는 게 왠지 기분이 좋았다.

평소에는 수화언어(이후 수어)로 회화를 하기 때문에 거의 쓰지 않아 딱딱하게 굳었던 성대가 조금씩 풀렸다. 입에서 소리가 가볍게 밖으로 나왔다.

바람이 조금씩 차가워졌다. 바싹 마른 은행잎이 바람에 춤을 추었다. 이쓰키는 얌전히 내 가슴에 머리를 기대고 주위 풍경을 보았다.

이쓰 키 쓰 키 이쓰키

이 이이 쓰키 키 쓰키

이 쓰키 키이 이쓰키 키의 키

이윽고 이름은 해체되어 소리가 한 알 한 알 나뉘었다. 입
밖으로 나오는 말은 더 이상 이쓰키의 존재를 가리키지 않았
다. 이제는 의미가 아니라 그저 소리를 가지고 놀았다.

언덕으로 오르는 길에는 길고 급한 계단이 있었다. 꽁꽁 얼
어붙은 난간을 꽉 붙잡고 거친 숨을 몰아쉬며 올랐다.

언덕 위에 올라서 보니 예상대로 전망이 훌륭했다. 수많은
집들이 늘어선 광경. 그 위로 펼쳐진 하늘이 드넓었다. 맑디맑
은 바람이 불어와 상쾌했다.

밝은 하늘로 상현달이 떠오르고 있었다. 달의 양끝이 날카
롭게 뾰족하고 어렴풋하게 하얗다. 그 순간 '이쓰키'에서 풀려
난 소리들이 불현듯 '달'로 이어졌다.

이쓰키

이쓰키

이이쓰키

멋진 달°이 떠오르고 있어요

멋진 달이 보고 있어

이이쓰키를

이쓰키를

보고 있어

　드넓은 푸른 하늘 아래 언덕에서 걸음의 리듬에 맞춰 목소리가 절로 새어 나왔다. '내가 내는 목소리'가 아니었다. 내게 그런 능동적인 의식은 없었다. '절로 새어 나왔다'고 표현할 수밖에 없다. 그런데도 그 말은 줄줄이 매끄럽게 이어져 입 밖으로 나왔다.

　구슬을 꿰듯이 입에서 나오는 말들을 느끼며, '이쓰키'와 아무런 관계도 없던 '달'이 '멋진 달'로 이쓰키와 연결되었다는 것에 감동했다. 왜 지금껏 한 번도 생각하지 못했는지 불가사의할 정도로 당연하게 여겨졌다.

　이쓰키는 달이었다.

　멋진 달은 이쓰키였다.

● 　'멋진 달'은 일본어로 '이이쓰키(いい月, いいつき)'라고 발음한다.

○ ○ ○

그날은 목소리를 내는 것이 더할 나위 없이 기분 좋았다.

어릴 적에 엄하게 발음훈련을 받은 덕인지, 주위에서 깨끗하다고 칭찬을 받을 만큼 내 발음은 그럭저럭 나쁘지 않은 듯했다. 하지만 간신히 익힌 발음도 실제로 청인 사회에 나서서 써보면 거의 통하지 않았다. 처음 만난 청인이 "응?" 하고 의아해하는 표정을 수백, 수천 번은 보았다.

'어? 어떡하지. 뭐라고 한 걸까. 지적하면 안 되겠지. 그래도 무슨 말인지 모르겠고. 난처하네.' 이런 망설임이 한순간 표정에서 읽혔다. "안녕하세요." 같은 단순한 인사를 건넸을 때조차 곧장 그런 표정을 봐야 하는 것은 여간 곤욕이 아니었다.

30대에 접어들어 아저씨가 된 뒤로는 꽤 뻔뻔해져서 발음 때문에 주저하는 일도 상당히 줄어들었다. 그럼에도 목소리를 내는 행위에 대해서는 트라우마에 가까운 기억이 있다. 마음속 한편에 목소리를 내는 것에 대한 지울 수 없는 저항감이 남아 있었다. 목소리를 내며 기분 좋았던 기억은 지금까지 단한 번도 없었다.

그랬는데 이쓰키를 달과 연결하는 말이 튀어나왔을 때는 목소리를 내는 게 더없이 좋았다. 눈앞 풍경이 또렷이 보였다.

내 눈을 덮고 있던 필터가 벗겨졌다. 상현달과 직접 마주 보고 있는 듯했다.

내가 연결한 말들을 달에게 바치듯이 이쓰키를 향해 반복했다. 두세 차례 말하자 품속의 이쓰키가 몸을 웅크렸다. 눈에 띄게 작아졌다. 자려고 하는 자세다. 목소리를 작게 줄였다.

내가 목소리를 내며 기분 좋은 이유는 이쓰키가 내 목소리에서 아무런 의미를 찾아내려 하지 않기 때문일 것이다. '어차피 아이는 뜻을 모르니까 아무 말이나 해도 돼.'라며 얕잡아 보는 것은 아니다.

리듬에 따라 이어지는 말들을 이쓰키에게 전했다. 그에 반응하듯이 꾸벅꾸벅 잠드는 이쓰키의 몸이 느껴졌다. '내 목소리를 어루만지는 느낌으로 받아들이고 있구나.' 하는 실감이 강하게 들었다.

그때 내가 낸 목소리는 이쓰키를 재우려고 다독이는 또 다른 손이었다. 목소리는 의미를 전하는 역할만 하는 것이 아니었다. '말보다 원초적인 말'로 세계를 인지하는 갓난아기에게 향했기 때문에 내 목소리의 다른 문을 열 수 있었다.

손과 같은 목소리. 그런 실감이 깊어질수록 내 목소리가 띠는 맛도 변했다.

이쓰키의 이름을 부르며 한자(樹)를 연상하면 어딘지 레고

블록처럼 각지고 단단한 느낌이 든다. 히라가나(いつき)를 떠올리며 이쓰키를 부르면 푹신하면서 둥글둥글한 팝콘 같다.

속삭이듯 새어 나가는 소리로 이쓰키를 부르면 히라가나를 떠올릴 때보다도 맑고 밝은 기운이 담겨서 내 목소리가 달콤하고 부드럽게 느껴졌다. 캐러멜 팝콘일까? 음, 아냐. 너무 질척해. 그렇게 가슴 아릴 것 같은 사랑은 아냐. 갓 수확한 작은 블루베리일까? 그럴지도 모르겠다. 상큼하고 새콤달콤하여 조금 풋풋한 맛. 내 목소리가 달달해진 것을 스스로도 알 수 있었다. 그렇게 내 목소리를 맛본 것도 처음이었다.

품속에서 꾸벅꾸벅 조는 아기란 그저 무력한 존재라 본래보다 훨씬 작아진 것 같았다. 피부 전체로 느껴지는 작디작은 아이의 몸은 완벽한 구체였다. '옥동자玉童子'라는 말이 무슨 뜻인지 비로소 이해되었다. 옥동자란 겉모습에 비유한 말이 아니었다. 개념적으로 생각한 말도 아니다. 살을 맞대야 이해할 수 있는 말이다.

숨 쉬는 구체를 품에 안고 언덕 위로 향했다.

완벽한 존재란 무력한 법일까.

무력하기 때문에 완벽한 걸까.

이렇게 무력한 생명이 또 있을까. 주위에는 아무도 없었다.

단둘이 있는 언덕 위. 아무도 없어서 다행이었다. 이 생명과 나 외에는 아무도 끼어들지 않았으면 하는 순간이었으니까.

애정과 달콤함과 애절함을 담아 목소리를 내보았다. 소리가 하나둘 이어지며 말이 차례차례 샘솟았다.

'이리 온! 이리 온! 더욱더 이리 온!' 마음속으로 외치며 말들을 맞아들였다. 불현듯 한 그루의 커다란 나무만 있는 산이 머릿속에 떠올랐다.

그때 우리가 언덕 위에 있었기 때문일까. 아니면 내 머릿속에 마나미의 성씨인 모리야마盛山*에서 비롯된 이미지가 남아 있었기 때문일까. 이유는 잘 모르겠다. 어쨌든 산 정상에 나무 한 그루가 있는 허구의 풍경이 분명히 보였다.

산 정상의 그 나무는 이쓰키이기도 했다.** 멋진 달과 이쓰키가 연결되었듯이 내가 본 풍경의 나무와 이쓰키는 서로 섞였다가 자리를 맞바꾸었다.

강렬하게 떠오른 그 풍경은 곧장 말이 되었다. 상대방에게 잘 들릴지 염려하지 않았고, 의미를 똑바로 전하려 노력하지도 않았으며, 심지어는 나를 위하지도 않았다. 말은 나를 꿰뚫듯이 밖으로 나갔다.

•   모리야마의 한자는 '나무와 풀로 우거진 산'을 뜻한다.
••   이쓰키의 한자는 나무 수(樹)를 쓴다.

노래를 부르다

무성한 저 산의　정상을　보렴
한 그루　어린 나무가　서 있다
저 나무에 대해
아직은
아무도 모른다

태양만이　알고 있다
초원만이　알고 있다
달만이　알고 있다

무성한 저 산에
무성한 저 산에
나무가　한 그루　서 있다

　홀러넘치는 소리들은 서로 연결되어 머릿속 풍경을 분명히
드러내는 말이 되었다. 나는 그 풍경이 선명해질 때까지 반복
해서 말했다. 그 말이 퍽 좋았다.
　힘껏 밟고 있는 땅바닥과 낙엽, 그것들에서 전해지는 감촉
과 교류하듯이 소리를 높이거나 내리거나 목을 떨었다. 내 걸
음의 박자가 노래에 생생한 리듬을 더해주었다. 세계는 이미

풍부한 메시지를 쏟아내고 있었다. 알게 모르게, 몰랐던 걸 깨달으면서, 나는 그 메시지를 받고 있었다. 그 메시지가 머릿속 풍경으로 이어졌다. 말이란 그 끝에 피어나는 것이었다.

'노래하고 있다.' 이런 생각이 들었다.

'노래란 넘쳐흐르는 거구나.' 이런 생각도 들었다.

이쓰키는 새근새근 깊이 잠들었다.

○　○　○

언덕 위에서 주택지를 내려다보았다. 해가 조금씩 기울기 시작해서 풍경에 어렴풋이 파란 기운이 돌았다. 밤이 장막을 드리우려 했다. 조금 쉬려고 계단에 앉았다. 이쓰키는 아까와 달리 칭얼거리지 않고 잠을 잤다.

땀이 식어서 조금 추웠다. 목도리와 포대기와 담요를 여몄다. 이쓰키를 고쳐 안는데, 평온한 숨결에서 온기가 전해졌다. '맞다, 이 체온도 아까 노래에 빠뜨리면 안 됐는데.'

머리를 받치는 손에 느껴지는 머리카락의 부드러움, 촉감, 두피의 냄새, 무게, 뒤척임. 모두 노래에 필요한 것들이었다. 정말이다. 이 온기가 없었다면 노래는 전혀 달라졌을 것이다. 애초에 노래를 부르지도 않았을 것이다.

정신이 번쩍 들었다.

…노래? 아냐, 그건 단순한 노래가 아니었어.

자장가였어.

나는 자장가를 부른 거야! 이쓰키는 내 자장가를 듣고 잠든 거야!

내 인생 첫 자장가가 찾아왔던 거야.

이쓰키를 안고서, 아니, '노래'의 비결을 알려준 스승이라 할 수 있는 이쓰키에게 내가 안겨서 노래의 원초적인 풍경을 보았던 것이다.

한 시간도 안 되는 짧은 산책에서 나는 대체 몇 번을 깜짝 놀랐을까.

태양은 어두컴컴한 우주에서 홀로 뜨거운 빛을 뿜어낸다. 누구도 어디도 목표하지 않는 그 빛은 1억 5,000만 킬로미터를 날아와 우연히 지구에 도착한다. 그렇게 작열하는 빛이 머나먼 대지와 식물에 온기를 전해주면 비로소 한 송이 꽃이 피어난다.

그렇게 별다르지 않고 흔해빠진 기적처럼 이쓰키의 온기는 살아 있는 빛으로 내 입에서 자장가가 피어나게 했다.

자장가가 내 속에 깃든 뒤로는 이쓰키를 재울 때마다 선뜻 노래를 부르게 되었다. 그렇지만 나는 '귀로 노래를 듣는 것'이 얼마나 기분 좋은지 몰라 그저 희미한 소망을 품은 채 노래한다.

'부디 자장가이기를.'

내 체온과 호흡 또한 자장가의 일부가 되도록 아이를 꼭 끌어안고 노래한다.

이쓰키는 대체로 깊은 잠에 빠져주었다.

그렇게 답해주었다고 생각한다.

2016. 01

2

잘
보
인
다

————————— ◦

자정이 지난 깊은 밤. 나는 작업실에서 혼자 일한다. 따뜻한 물을 섞은 소주를 마시며 책을 읽거나 조용히 춤을 추기도 한다. 그러다 화장실을 가거나 무언가를 가지러 자리에서 일어날 때면 미닫이문 너머 옆방에 잠든 이쓰키의 상태를 확인한다.

생후 3개월을 앞둔 이쓰키는 밤중에 울지 않고 아침까지 쭉 잘 수 있게 되었다. 그날은 이쓰키가 평소보다 이르게 잠든 터라 어중간한 시간에 깨지 않을까 신경이 쓰였다. 두세 시간 간격으로 수유하느라 수면 부족에 시달리던 마나미는 밤에 이쓰키가 깨어도 가끔씩 눈치채지 못했다. 그래서 내가 일하며 불침번을 섰다. 밤을 지새우는 날이 계속되었다.

밤새 켜두는 오렌지색 불빛 아래 눈을 감은 이쓰키와 마나미가 이불을 덮고 누워 있다. 마나미는 젖을 주느라 옆으로 돌아누운 자세 그대로였고, 바로 옆에 누운 이쓰키는 만세를 하듯 양팔을 올린 채 꼼짝도 하지 않았다.

잠버릇이 좋다고 할지, 두 사람은 자면서 거의 움직이지 않는다. 몇 시간 간격으로 확인해도 전혀 자세에 변화가 없으면 '좋아, 좋아, 잘 자고 있군.' 하는 안도가 아니라 '살아 있는 거지?' 하는 의문이 슬며시 고개를 든다. 소름이 끼친다.

◦ ◦ ◦

지방에 촬영하러 갈 때마다 차에 치어 죽은 동물의 사체를 발견한다. 이른바 '로드킬'이다.

마나미와 함께 아마미오섬의 산속을 차로 달린 날, 처음으로 죽은 동물을 매장했다. 내리막길 한복판에 있는 검은 고양이가 눈에 띄었다. 그런데 다가가도 도망가지 않았다. 서행해서 가까이 가보니 차에 치어 숨이 끊어져 있었다. 잔혹함에 안타까웠지만 가던 길을 멈추진 않았다. 하지만 이내 "역시 저대로 두면 안 되겠지."라고 마나미와 얘기하고는 고양이에게 돌아갔다.

원을 그리듯이 고양이의 주위에만 낙엽이 전혀 없었다. 차에 치이고 빙글빙글 돌면서 괴로워한 흔적이다. 왼쪽으로 누운 고양이의 몸에서 내장이 비어져 나와 있었다. 마침 나뭇잎

사이로 빛이 비치는 자리라 눈에서 푸른빛이 났다. 몸 전체가 차갑게 식어 단단히 굳어 있었다. 마나미와 함께 고양이를 근처 수풀에 묻었다.

아스팔트 위의 검정고양이는 비참한 사체였지만, 땅속에 묻고 보니 맡은 역할을 마치기라도 한 양 안식이 가득한 모습으로 변모했다. 로드킬 현장을 마주할 때마다 느끼던 쓸쓸한 위화감이 조금이나마 갠 듯했다.

그 뒤로는 로드킬을 당한 동물을 볼 때마다 아스팔트에서 끌어내 땅으로 돌려보내고 있다. 딱히 빠듯한 일정으로 움직이지 않기 때문에 대체로 구멍을 파서 매장한다.

고양이, 개, 너구리, 새, 여우, 토끼, 흰코사향고양이, 멧돼지, 매. 그들은 모두 다른 상태로 짓눌려 있었다. 오랫동안 비를 맞고 까마귀 무리가 쪼아댄 탓에 땅바닥에 질펙하게 뭉개진 상태거나, 목이 90도로 꺾이고 입 주변에 피가 고여 있거나, 외상이 전혀 없어 마치 잠든 것처럼 보이거나.

아마 백 마리 넘게 묻어주었을 것이다. 여행을 하다 이따금씩 만지는 동물의 차가운 감촉이 지금도 손바닥에 남아 있다.

마침 그 전날 출장을 갔다가 너구리를 매장했기 때문일까. 그렇다 해도 마나미와 이쓰키를 내가 묻은 동물들과 연관 지을 필요는 없다. 지나친 호들갑이라는 것을 나도 안다. '아냐,

아냐, 자고 있을 뿐이야.' 몇 번이고 이렇게 생각하면서도 혹시나 하는 불안이 점점 부풀었다.

미닫이에서 세 걸음 떨어진 자리에 이쓰키가 누워 있었다. 마나미는 그보다 한 걸음 정도 가까웠다.

마나미는 감음성 난청으로 130데시벨 이하는 듣지 못하는데, 가장 심각한 수준의 난청이다.* 어느 정도 소리를 듣는가 하면, 머리 바로 위를 날아가는 비행기 엔진의 폭음 정도는 되어야 겨우 들린다고 한다.

마나미는 귀 바로 옆에 대고 "와!" 하고 외쳐도 태연하다. 나는 100데시벨 이하의 소리를 듣지 못하는데, 귀에 대고 누가 소리를 지르면 귀가 아파서 깜짝 놀란다. 어쨌든 둘 다 일상생활에서 소리에 반응할 일은 전혀 없다.

그 때문에 마나미를 부를 때는 접촉이 필수다. 좀 멀리 있으면 쿠션이나 수건 같은 부드러운 물건을 던져서 부른다. 농인의 문화에서는 바닥을 발로 쿵쿵 구르거나 벽을 쳐서 진동을 전하는 방법도 있지만, 우리가 사는 곳은 집세가 싼 아파트다. 벽이 무척 얇기 때문에 진동으로 부르는 건 꺼려졌다.

* 한국은 2019년 7월부터 청각장애를 중증과 경증으로 구분하는데, 두 귀가 각각 80데시벨 이하의 소리를 듣지 못하는 경우 중증에 해당한다.

옆집이나 아랫집과 쓸데없이 문제가 생기면 귀찮으니까. 느끼지도 못하는 소리에 일일이 신경 쓰다 보면 생각보다 스트레스를 받는다. 그래서 단독 주택으로 이사하는 것도 고려하고 있다.

당시는 아직 이쓰키의 청력검사를 하기 전이었는데, 미닫이를 열거나 냄비를 떨어뜨리거나 손뼉을 치는 등의 생활 소음에 대한 반응을 보며 아이의 귀가 들린다는 것은 알고 있었다. 이쓰키가 어느 정도 소리에 반응하는지도 대충 알아가던 시기였다.

내 경험에 따라 아슬아슬하게 들릴 만한 소리로 이쓰키를 불러보았다.

"…야, 이쓰키!"

꼼짝도 하지 않았다. 아니, 어두컴컴한 탓에 반응했는지 안 했는지도 알 수 없었다. 심장 고동이 빨라지는 것을 느끼면서 살며시 이쓰키 옆으로 다가가 볼을 만져보았다. 온기가 뚜렷이 느껴졌다. 마나미에게도 손을 대보았다. 물론 따뜻했다. 숨 쉬는 육체의 온기가 손바닥에 퍼져나갔다. 피가 돌지 않는 동물의 냉기가 손에 남아 있었던 탓에 확연히 차이 나는 온도에 살짝 동요했다. 그렇게 '아, 다행이다.' 하고 안심했다.

○ ○ ○

2년 전. 2013년 12월. 나와 마나미는 영화 DVD를 반납하러 자전거를 타고 대여점으로 가고 있었다.

빌려 본 영화는 「제8요일」로 유명한 자코 반도르말Jaco Van Dormael 감독의 「토토의 천국」이었는데, 당시 우리의 심경에 딱 들어맞는 영화라 둘 다 크게 울면서 봤다. 애초에 그리 기대하지 않은 터라 감동이 더욱 컸던 것 같다. 엔딩 크레디트가 흘러가는 동안 눈이 벌게져서는 "이 감독 영화를 더 보고 싶어! 다른 영화는 뭐가 있을까… 「미스터 노바디」? 처음 들어보는데. 그래도 재미있을 것 같아. 아냐, 역시 「제8요일」을 또 봐야겠어!" 하다가 자전거를 타게 된 것이다.

대여점 문 닫을 시간이 아슬아슬해서 길을 서둘렀다. 내가 앞서가고 마나미가 뒤를 따라왔다.

우리는 자전거를 탈 때 버릇이 있는데, '모퉁이를 돌기 전에 앞선 사람이 차가 있는지 없는지와 뒷사람이 잘 따라오는지 확인하는 것'이다. 자전거로 15분 정도 걸리는 비디오 가게로 가면서도 수차례 뒤를 돌아보았다. 그럴 때마다 마나미와 눈이 마주쳤다. 서로 존재를 확인하면서 "응." 하듯이 고개를 끄덕였다. 여느 때와 다름없는 광경이었다.

가게를 얼마 남기지 않고 뒤를 보았는데, 마나미가 없었다. 밤길을 비추는 가로등 불빛만 보였다. '뭐지?' 의아하게 여겼지만 천천히 오겠지 짐작하고 다시 페달을 밟았다. 1분도 지나지 않아 다시 뒤를 보았지만, 여전히 마나미가 없었다.

'다른 길로 갔나? 먼저 가서 영화 고르고 있을까.' 그렇지만 역시 이상했다. 여태껏 아무 말도 없이 갑자기 다른 길로 간 적은 한 번도 없었다. 두근두근하는 떨림이 진정되지 않았다.

왔던 길로 돌아가자, 마나미가 길바닥에 엎드린 자세로 쓰러져 있었다. 마나미 곁에 넘어진 자전거의 바퀴가 홀로 빙글빙글 헛돌았다. 온몸이 차게 식었다.

마나미에게 뛰어갔다. 상처나 피가 눈에 띄지는 않았지만 머리부터 쓰러졌는지 앞으로 고꾸라져 있었다. 머리가 흔들리지 않도록 조심하면서 마나미의 어깨와 뺨을 두드렸다. 오싹할 정도로 차가웠다. 아무런 반응이 없었다. 반쯤 뜬 눈은 하얬다. '위험해.' 한순간 구급차의 반짝이는 붉은 불빛이 떠올랐다. 아이폰은 가지고 있었다. '번호가 뭐였지? 구급차 불러야 돼.' 이렇게 생각했지만 나는 통화를 할 수 없는 사람이었다.

늦은 밤이라 지나는 사람도 전혀 없었다. 자전거로 돌아다니면 누군가와 마주칠지 몰랐지만, 언제 만날지도 모르는 사람을 찾는 동안 마나미를 차가운 아스팔트 위에 방치할 수는 없었다. 마나미를 업고 사람이 많이 다니는 큰길로 나갈까 생각해봤지만, 아무래도 머리를 부딪친 것 같아서 그러기도 조심스러웠다. '왜 구급차 호출 앱을 설치하지 않은 거야.' 내 어리석음에 이가 갈렸다.

어쩌면 좋을지 궁리하다 지쳐 생채기투성이인 마나미의 볼에 손을 댄 채 망연히 있는데, 꿈에서 깨어나듯 마나미가 스르륵 눈을 떴다. 눈빛이 흐렸다. 눈동자가 이리저리 헤맸다. 그제야 마나미의 안경이 휜 것을 깨달았다. 금속제 안경의 다리가 맥없이 구부러져 있었다. 대체 얼마나 심하게 부딪친 걸까.

조금 지나자 마나미가 울음을 터뜨렸다. 왕왕 크게 울었다. 진정하길 기다려 몇 가지를 확인했다. 내 질문에 평범하게 답을 잘해서 일단 안심했다. 흐느끼는 마나미를 달래며 앞바퀴가 엉망진창으로 구부러진 자전거를 끌고 집으로 돌아왔다.

이튿날, 마나미를 보니 턱 부근이 엄청나게 부어 있었다. 밥을 먹으려 해도 아파서 씹지 못하겠다고 했다. 사실 그때만 해도 단순한 타박상인 줄 알았다.

가까운 병원에서 진찰을 받으려 했는데, 의사가 심각한 얼굴로 말했다. "큰 병원에 가서 검사를 받으세요."

종합병원에 가 엑스레이를 찍어보니 턱뼈가 깨져 있었다. 골절된 곳은 하필이면 음식을 씹을 때 쓰는 부위였다. 일상적으로 쓰는 부위라 그냥 두면 치유가 늦어질 수밖에 없다고 했다. 골절된 뼈들을 연결하여 고정해주는 판을 수술로 삽입했다. 그 뒤로 3주 동안 마나미는 입원했다.

그때 무슨 일이 있었는지 물어봐도 마나미는 기억이 불분명한 듯 답하지 못했다. 스스로도 의아하다는 표정을 지을 뿐이었다. 절대로 차가 다닐 수 없는 길이었으니 차에 치였을 리는 없었다. 혹시 다른 자전거와 부딪쳤을까. 하지만 그랬다면 지금보다도 더욱 큰일이 되었을 것 같았다. 무언가에 걸려서 넘어지지 않았을까 추측해보았지만, 걸릴 만한 것도 눈에 띄지 않았다. 내가 미처 보지 못했을 수도 있지만, 그런 사고치고는 부상이 너무 심각했다. 결국 원인을 제대로 알지 못한 채 사고에 대한 고민은 끝났다.

○ ○ ○

그 사고를 떠올릴 때마다 마음이 할퀴듯이 아팠다. 길바닥에 쓰러진 마나미를 발견한 순간, 나는 '듣지 못한다'는 것이 얼마나 무서운지 절감했다.

아무도 없는 심야의 주택가. 무척 조용했을 것이다. 턱이 골절될 정도로, 자전거 바퀴가 알루미늄캔처럼 구겨질 정도로 큰 충격이 일어났다. 금속이 지면에 세게 부딪치는 소리가 났을 것이다. 마나미가 비명도 질렀을 것이다. 조용한 주택가에 그 소리들은 분명히 크게 울렸을 것이다.

바로 곁에서, 그야말로 바로 곁에서 목숨이 걸린 큰 소리가 났는데 나는 눈치채지 못했다. 전혀 몰랐다.

얼어붙은 아스팔트 위에서 타는 듯한 아픔을 느끼며 올려다봤을 것이다. 도와달라고 간절히 바랐을 텐데 나는 멀어져 갔다. 힘차게 페달을 밟으며 순식간에 멀어졌다.

마나미는 "아무것도 기억 안 나."라고 했지만, 그때 내가 한 행동이란 결국 그런 것이었다. 나는 깊은 못에 빠진 존재를 내버린 셈이다.

내가 문득 느낀 사소한 위화감을 무시한 채 가게로 들어갔다면, 발견이 늦어져서 더 큰일이 되었을 것이다. 만약 더 중대한 사고라 한순간에 생사가 갈렸다면, 내 후회는 훨씬 깊었을 것이다.

사건이 있기 전까지 나는 시부야의 와타리움 미술관에서 개인전을 열며 사진가로서 조금씩 자리를 잡아가고 있었다. '듣지 못해도 상관없어. 보기만 해도 충분히 살아갈 수 있어.' 이렇게 자신이 흘러넘쳤다. 터무니없는 착각이었다.

'듣지 못하는 것'이 행복한지 불행한지, 또는 좋은지 나쁜지 등을 가릴 수는 없다. 그저 단적인 사실로서 '듣지 못하는 것'은 '눈에 보이는 범위 밖은 존재조차 알 수 없는 것'과 같은 말이다. 이 사실이 날카로운 바늘이 되어 차갑게 나를 찔렀다.

사고를 겪고 나는 변했다.

사진을 대하는 자세도 근본부터 바뀌었다.

일상생활은 물론 사진가로서 가장 신뢰하던 '보다'라는 행위에 의문을 품었다. 아니, 의문을 품었다기보다는 '보다'라는 행위에 얼마나 구멍이 많은지 통감했다는 게 적절하겠다.

보청기를 끼지 않기 시작한 스무 살 이래, 세계를 오로지 보면서 살아왔는데 실은 아무것도 제대로 보지 못했다. 보이는 게 전부라는 생각으로 그 배후에 있는 수많은 것들을 무시한 셈이었다. 내가 '보고 있다'고 생각한 것은 사실 '눈에 보이는 것'에 지나지 않았다. '눈에 보이는 것'은 그저 표면을 눈이 훑은 것에 불과하다.

사고를 당한 마나미를 뒤늦게 발견하고 말았다. 듣지 못하는 귀가 발견을 늦추었다. 후회가 끊이지 않았다. 보청기를 뺀 지 마침 10년이 되었던 때인데, 듣지 못하는 몸으로서 처음 깊은 좌절을 경험했다.

그렇지만 보청기에 의지해야겠다는 마음은 전혀 들지 않았다. 말로 표현할 수 없는 두근거림과 직감을 믿은 덕에 나는 쓰러져 있는 마나미에게 돌아갈 수 있었다. 그 사실에 희미한 희망을 품었다.

내 눈앞의 다른 생명 속에 새로운 생명이 잉태되어 자라나고 있었다. 눈에 보이지 않지만 더욱 주의 깊게 살펴봐야 하는 것을 손이든 온몸이든 뭐든 써서 제대로 보고 싶었다. 간절히 기도하듯이 바란 끝에 '눈으로 볼 뿐'이었던 행위가 심화되어 '온몸으로 볼 수 있게' 되었다.

살아 있는 몸끼리 맞닿을 때 일어나는 직감과 이 세계의 논리를 초월한 신뢰. 그 사이에서 비로소 '온몸으로 본다'는 행위가 싹을 텄다.

○ ○ ○

사고의 경험으로 인해 나는 모든 자신감을 잃어버렸다.

'정말로 아이를 키울 수 있을까?' 이쓰키를 보호하는 부모로서의 불안. '큰일이 벌어졌는데도 눈치채지 못하지는 않을까?' 듣지 못하는 육체를 지닌 이로서의 불안. '수입도 불안정한데 앞으로 우리가 먹고살 수 있을까?' 사진가로서의 불안.

그런 불안들이 밀려와 아이가 태어나고 한동안은 가능한 밤에 일하며 자주 두 사람을 확인했다.

　잠자는 두 사람을 살필 때, 늘 오른손은 이쓰키의 가슴에 왼손은 마나미의 목에 댄다. 이쓰키의 심장의 울림, 마나미의 코골이의 울림. 서로 다른 리듬이 양손에 닿는다. 스테레오 사운드가 이런 느낌일까. 두 사람의 머리나 목덜미에 코를 대고 냄새도 맡으니 트리플 사운드인 셈이다. 아, 촉감으로 체온도 느끼니 콰트로 사운드려나.

　달그락달그락하는 감촉이 손바닥에 전해졌다. 마나미가 이를 갈고 있다. 1년이 지나자 턱뼈도 무사히 붙어서 전과 다름없이 밥을 먹고 과자를 먹고 이를 갈 수 있게 되었다. 다행이었다. 이쓰키가 살짝 몸을 뒤척이더니 얼굴을 찡그렸다. 엄마의 이갈이 때문일까. 나도 모르게 "큭, 큭, 큭." 하고 웃었다.

　실재하는 사람의 숨결이 체온, 냄새, 몸짓과 사이좋게 어우러지며 내 속에서 사랑스러운 무언가를 연주했다.

　한동안 그러고 있었는데, 이쓰키가 팔을 쭉 뻗더니 맹렬하게 발을 꿈틀대기 시작했다. 젖 먹을 시간 같았다. 신기하게도 아무리 방 안이 어두워도 아이가 눈을 뜬 것은 알 수 있다. 만화였다면 이쓰키의 주변에 '반짝!' 하는 효과음이 쓰였을 것이다. 눈이란 정말로 빛난다.

이쓰키에게 얼굴을 가까이 가져가 아이의 턱을 집게손가락으로 톡톡 두드리며 물어보았다. "맘마, 먹고 싶니?" 그러자 이쓰키는 활짝 웃으며 한층 더 손발을 버둥거렸다. 작게 오므린 입에서 혀가 빼꼼 나왔다.

마나미의 어깨를 흔들어서 깨웠다. 마나미는 근시가 매우 심해서 (어릴 적에 어두운 곳에서 책을 너무 읽은 것 같다) 잘 보이도록 이마를 맞대고 천천히 수화로 "이쓰키, 일어났어. 맘마 좀 줘."라고 전했다. 마나미는 멍하니 "응응." 하듯이 고개를 끄덕였다. 잠에 취했는데도 익숙한 손놀림으로 젖을 주기 시작했다.

수유하는 동안 나는 컴퓨터를 끄고 따뜻한 술을 단숨에 들이켰다. 소변과 양치질을 마치고 이불 속으로 들어갔다.

오른쪽에 이쓰키, 그 너머에 마나미. 수유가 끝나자 둘은 깊이 잠들었다. 이쓰키의 발밑으로 손을 집어넣었다. 약간 축축한 온기가 손바닥으로 퍼졌다. 잠자며 뒤척이다 보면 결국은 떨어질 손이지만, 하지 않는 것보다는 낫겠지 싶어 늘 아이에게 손을 대고 잠든다.

이불이 데워지며 누운 등과 눅진눅진하게 하나가 되었다.

아, 기분 좋아. 안경을 벗으니 오렌지색 불빛이 마치 귤처럼 둥글게 아련해졌다. 길고 긴 하품. 시야가 눈물로 흐려졌다. 귤이 흐무러진다.

꾸벅꾸벅 눈이 감겼다. 나는 듣지 못하기에 눈을 감으면 그 순간 세계가 사라진다.

그저 눈으로 겉을 훑는 데 그친다면, 눈을 감은 뒤 세계에는 나 혼자밖에 남지 않을 것이다. 하지만 방금 전까지 살아 있는 몸과 몸을 맞대고 있었기에 눈을 감아도 숨 쉬는 두 사람을 온몸으로 볼 수 있다.

'간호'에 쓰이는 한자 '간(看)'은 '손(手)'과 '눈(目)'을 합친 글자다. 눈으로만 보는 데에서 나아가 다른 감각으로도 보는 경지를 믿게 되자 이제 눈을 감아도 세계가 사라지지 않는다. 사라지기는커녕 눈을 감으면 세계가 더욱 넓어진다. 천천히 아주 조금씩 어둠에 익숙해질수록 그때껏 불빛 아래 숨어 있던 것들이 나타난다. 이불의 질감. 차가움과 따뜻함. 방 안의 냄새. 작은 생명이 깊은 곳에서 우리를 다시 연결해준다. 그 너머에 있는 마나미의 발목으로 내 발을 쭉 뻗어본다. 굴곡 있는 살의 온기. 따뜻하다. 그래서 안심이 된다.

이 따뜻함 덕에 두 사람이 아주 잘 보여.

잘 자.

2016. 02

3

들리는 조짐

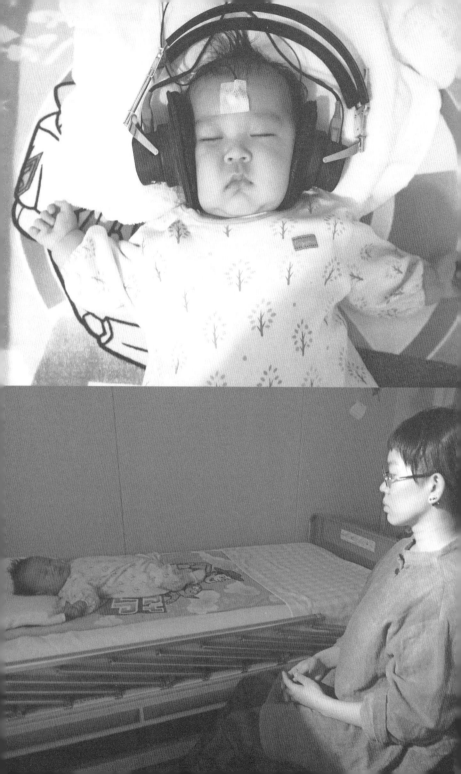

아이가 소리를 듣는 듯한 장면을 처음 목격한 건 태어난 날 밤이었다. 10월 하순이었는데, 겨울의 시작을 알리는 차가운 바람이 북쪽으로부터 불어올 거라는 일기예보가 있었다.

"어제부터 갑자기 쌀쌀해졌잖아. 지금도 바람 부는 소리가 굉장해. 봐, 나뭇가지도 엄청 흔들리잖아."

병문안을 와준 친구가 그렇게 말하며 창문을 가리켰다. 창 밖에서는 나무에 매달린 감이 흔들리고 있었다. 투명한 파란 하늘에 금빛 햇살이 환하게 퍼져나갔다.

○ ○ ○

출산은 산부인과가 아니라 조산원에서 했다. 평범한 외딴 집의 아담한 방이었다. 가능한 자연분만을 희망하며, 자신의 몸에서 생명이 나오는 모습을 직접 촬영하고 싶다는 마나미. 출산 현장에 함께하길 희망하고, 생명이 이 세상에 찾아오는 장면을 사진으로 남기고 싶은 나. 뼛속까지 사진가인 우리 둘의 바람을 들어준 곳이 그 조산원이었다.

진통이 시작되고 열 시간 후, 아이는 무사히 태어났다. 순산이었지만, 마나미가 피를 너무 많이 흘려서 휴양이 필요했다. 그래서 한동안 조산원에 머물렀다. 원칙상 엄마와 아이 둘밖에 묵을 수 없지만, 마나미 혼자 있다가는 밤중에 젖을 보채는 아이를 눈치채지 못할 수 있어서 나까지 같은 방에서 지내게 해주었다.

저녁을 먹고 조금 있으니 소등 시간이 되었다. 처음 맞이하는 밤. 가장 불안한 시간이 찾아왔다.

아직 이름조차 없는 반짝반짝한 생명은 포대기에 싸인 채 잠이 들었다. 마나미는 출산의 피로로 젖을 줄 때 외에는 거의 잠만 잤다. 나는 수십 분마다 아이폰의 진동 알람이 울리도록 설정하고, 그때마다 아이 상태를 확인했다. 자정을 넘어서면 보통 두 시간 간격으로 젖을 원한다는 것을 알고 있었다.

그렇게까지 했지만 나도 모르는 새 꾸벅꾸벅 졸았다. 깜짝 놀라 눈을 떴는데 아이의 몸이 꿈틀꿈틀했다. 안경을 쓰고 보니 울고 있었다. 마나미를 흔들어서 깨우자 피곤에 절어 축 늘어진 몸을 일으키고는 젖가슴을 드러냈다. 마나미는 미소를 머금은 채 무언가 중얼거리며 젖꼭지를 물렸다. 아이가 빨기 시작하자 얼굴을 찡그렸다. 훗날 마나미는 이렇게 술회했다.

"처음에는 가슴이 진짜 아팠어. 끙끙대면서 참았다니까. 쪽쪽, 쪽쪽, 쪽쪽! 리드미컬하게 볼을 움직이면서 젖을 쥐어짜는 느낌인데… 출산하면 몸이 엉망진창이 되어서 고생한다는 말은 여러 번 들었거든. 골반이 넓어져서 요통을 앓기 쉽다든가 이빨이 약해진다든가. 그런데 아무도 수유할 때 젖꼭지가 무진장 아프다고는 가르쳐주지 않았다니까! 그렇게 아플 줄은 상상도 못 했어. 한 달 정도 지나니까 좀 익숙해졌지만."

오렌지색 불빛 아래에서 아직 몇 번밖에 보지 않은 수유하는 모습을 찬찬히 바라보고 있으니 눈이 말똥말똥해졌다. 시계를 보니 새벽 4시가 조금 넘은 시간이었고, 창밖으로 보이는 어둠은 희미한 빛을 품고 있었다. 방 안에는 난방이 돌아가고 있었는데 창에 가까이 다가가자 차가운 기운이 느껴졌다.

적당히 외진 교외에 자리한 조산원 주위에는 높은 건물이나 가로등의 불빛이 없었다. 쓸데없는 불빛이 없는 덕에 밤하늘도 밤답게 어두웠다. 겨울의 시작을 알리는 바람이 구름을 밀어낸 걸까. 구름 한 점 없는 하늘에 별들이 반짝반짝 빛났다. 아무리 교외라 해도 도쿄에서 이렇게 선명한 별하늘을 본

적은 없었다. 수유를 마치고 아이를 재운 마나미에게 말했다.

"별이 잘 보여."

창문을 열었다. 그 순간 차가운 공기가 얼굴을 때렸다. 내쉬는 숨이 하얀 덩어리가 되어 나왔다. 어느 틈에 이렇게 추워졌지. 깜짝 놀랐다. 잠시 별하늘을 올려다보았는데, 한순간 하늘을 가로지르는 한 줄기 빛을 본 것… 같았다.

"지금 봤어? 쌩 날아갔는데… 별똥별이었을까?"

"응, 별똥별이야."

"오, 도쿄에서 별똥별을 본 건 처음이야."

"진짜? 나는 몇 번이나 봤는데."

"진짜야. 한 번도 본 적 없거든….."

"별똥별을 처음 볼 수 있었던 것도 아이 덕이네."

"그러게. 또 볼 수 있을까?"

어깨너비가 거의 같은 두 사람이 다음 별똥별을 기다리며 작은 창문으로 몸을 내밀고 있는 탓에 영 답답했다. 팔꿈치 아래밖에 팔을 움직일 수 없어서 수어도 작아졌다. 나지막한 목소리로, 아니, 나지막한 수어로 별똥별에 대해 이야기했다.

잠시 기다려봤지만 별똥별은 더 이상 보이지 않았다. 포기하고 방 안으로 돌아갔다. 몸이 차게 식었는지 나도 모르게 부르르 떨었다. 배 속도 꾸무럭거렸다. 힘주어 방귀를 뀌었다.

엉덩이 감각으로 추측컨대 "빠방!" 하는 요란한 방귀였다. 어릴 적 딱지를 힘껏 내려쳤던 때처럼 시원했다. 그런데 잠자던 아이가 깜짝 놀란 듯이 몸을 꿈틀하더니 손을 머리 위로 쭉 뻗었다.

'앗, 들렸나 봐!'

처음으로 아이가 소리를 듣는 듯한 장면을 목격한 순간이었다.

나중에 알았는데 당시 이쓰키의 몸짓은 '모로 반사moro reflex'라고 하는, 신생아에게서 나타나는 원시 반사 중 하나였다. 곰곰이 돌이켜보니 출산 직후부터 몇 차례 보았던 반응이긴 했다. 낮에는 손님에 조산사에 들락날락하는 사람이 많았다. 방안에 소리가 가득했을 것이다. 그래서 아이의 반응과 소리를 관련짓지 못했다. 하지만 늦은 밤에는 다른 소리가 없을 것이다. (중학생 시절, 기분이 우울할 때면 곧잘 심야에 산책을 했다. 매일 보청기를 끼던 시기다. 밤이 조용하다는 추측은 당시 경험에서 비롯되었다.) 또한 방귀 소리는 나 자신이 만들어냈기 때문에 의심할 여지없이 아이가 방귀에 반응했다고 확신했다.

"지금 왜 움직인 거지?" 마나미가 갑작스러운 몸짓에 당황

했다. 힘껏 뀐 방귀의 폭음에 놀란 거라고 가르쳐주었다. "뭐야, 방귀 뀌었어? 그런데 냄새는 거의 안 나네… 음? 아, 아기가 들은 거구나!"

"맞아!" 둘이 함께 웃었다.

"그렇구나. 아기는 듣는구나."

"이렇게 알게 될 줄은 몰랐어. 내 방귀가 커서 다행이야. 기적을 일으킨 방귀라고."

"아니, 아무리 그래도 기적은 아니지… 그래도 아예 틀린 말은 아닌가. 이 시간이면 조용할 테니까 잘 들렸을 거야. 깜짝 놀랐겠다. 유키노(내 여동생)가 오빠 방귀는 굉장하다고 말해주긴 했는데. 대체 어떤 방귀인 거야."

"글쎄, 나한테 물어본들… 어쨌든 지금 방귀는 회심의 한방이었어. 최근 중에 제일 대단했을 거야. 종일 긴장해서 쌓였던 가스가 단번에 나간 것 같아. 그런 것보다 청력검사를 받기전에 아기가 들을 수 있다는 걸 알아서 기쁘다."

"아, 정말 그래. 다른 사람 통해서가 아니라 우선 우리끼리 말이지. 대단하다. 이런 일이 있을 줄은 생각도 못 했거든. 아, 배고파. 지금 몇 시야? 아휴, 밥 먹으려면 아직 두 시간이나 남았네."

그런 이야기를 나누고 있으니 해가 뜨기 시작했다.

‎ ‎ ‎ ○　○　○

　세 사람의 생활이 시작된 후로 이쓰키가 소리에 반응하는 걸 여러 차례 목격했다.

　수유 중에 마나미가 재채기를 하면 흠칫하며 젖에서 입을 떼고 소리가 났던 엄마의 입가를 찬찬히 올려다보았다. 뒤에서 미닫이가 열리거나 닫히면 목을 힘들게 젖혀서라도 보려고 했다. 휴대전화 알람이 울리거나 물건을 떨어뜨리면 눈이 휘둥그레졌다.

　그런 반응을 볼 때마다 이쓰키의 귀가 들린다는 확신이 점점 강해졌다. 그래도 제대로 진단을 받기 위해서 생후 3개월이 될 무렵 청력검사를 했다. 사실 태어난 직후에 검사를 받으려고 했지만, 갓난아기는 청력이 불안정하니 수개월 정도 기다려야 한다고 했다.

　마나미는 평소 반응을 보면 들을 수 있는 건 아니까 검사는 한 살이든 두 살이든 좀더 큰 다음에 해도 괜찮지 않을까 했지만, 나는 하루라도 빨리 알고 싶어서 검사가 가능하다는 말에 곧장 받기로 했다.

　내 난청이 판명된 것은 두 살 때였다.

내가 듣지 못한다는 것을 알았을 때의 일은 어머니로부터 몇 번이고 들었지만 늘 기억에는 남지 않았다. 하지만 이쓰키를 맞이하고 그때 일을 다시 들어보니 이야기에 여태껏 없던 밀도가 생겨 새삼 마음으로 스며들었다.

생후 18개월쯤 되자 주위의 또래 아이들은 부모와 대화가 가능했는데, 나는 전혀 말을 하지 않았다. 놀이 교실 등에 참여해봐도 다들 게임을 하거나 노래를 부르는데, 나는 전혀 관심을 주지 않고 책만 보았다. 그런 내 모습을 본 놀이 교실 선생님이 어머니에게 대학병원에서 검사를 받아보라고 권했다.

어머니는 우선 근처의 보건소에서 상담을 받았는데, 이런 말을 들었다고 한다.

"말하지 않는 이유는 세 가지로 추측할 수 있습니다. 지능 발달이 늦든지, 정신적 장애가 있든지, 난청이든지. 대학병원에 제출할 의뢰서를 써서 드릴 테니 얼른 예약해서 가보세요."

그 당시 어머니의 배 속에는 둘째가 있었다. 한창 뛰어다니는 두 살짜리 남자애를 홀로 데리고 다니기는 어려웠다. 어머니는 걱정하는 할머니와 함께 대학병원을 찾았다. 약을 먹고 잠든 내 뇌파를 촬영한 선생님은 검사 결과를 알려주었다.

"아이가 소리를 듣지 못합니다. 얼른 보청기를 끼고 배우지 않으면 아예 회화가 불가능해질 겁니다."

그때까지 어머니는 '듣지 못하는 사람'이 곁에 존재할 수 있다는 생각을 한 적이 없었다. 자신과 관련이 있을 거라고는 티끌만큼도 상상하지 못했다. 내 난청은 그래서 늦게 판명되었다. 검사 결과를 들은 어머니는 어떻게 집에 돌아왔는지 모를 정도로 계속 울었다고 한다.

여기까지는 이미 여러 번 들었던 에피소드였다. '나는 나일 뿐인데, 왜 그렇게까지 충격을 받아야 했을까?' 이 에피소드를 들을 때마다 심란했기에 기억하지 않으려 했던 것 같다. 하지만 내게도 아이가 찾아온 다음에 들으니 왜 어머니가 울었는지 이유를 조금 알 듯했다.

어머니는 이렇게 말했다.

"그래도 진짜 울었던 건 그날뿐이야. 다음 날부터는 매일 너한테 어떻게 말을 가르칠지 고민했어."

시작부터 끝까지 출산을 함께했다. 아이가 태어난 순간, 아이의 눈빛에 꿰뚫린 순간, 셔츠를 벗고 맨가슴으로 아이를 안은 순간, 생명을 마주한 그 순간마다 온 힘을 다해 이 생명을 지키겠다는 각오가 내 속에서 느껴졌다. 만들어진 각오가 아니었다. 이미 준비된 것이었다. 새로운 생명은 보이지 않는 곳에 있던 각오를 안개를 헤치듯이 밝은 세상으로 끄집어냈다.

생명이란 압도적일 만큼 그저 생명이었다. 곁으로 찾아온 그 생명을 내가 맡았다. 나도 놀랄 정도로 각오는 굳건했다. 어머니의 눈물이 하루 만에 그친 것도 분명히 나 같은 각오가 있었기 때문 아닐까.

아마도 어머니는 자식이 장애인이라서 슬프지는 않았을 것이다. 태어난 순간부터 줄곧 들려주었던 목소리가, 사랑을 듬뿍 담아 건넸던 목소리가, 내 아이에게 전혀 닿지 않았다는데 충격을 받아서 슬펐던 것 아닐까. '목소리가 전해지지 않았다.' 아니다. '아이에게 적절한 소리로 전하지 못했다.' 이 사실을 알았을 때 어머니의 마음이란 대체 어땠을까.

유전자도 신경 쓰였다. 내 가족은 부모님에 장남인 나, 장녀, 차녀까지 5인 가족인데 나와 차녀가 선천적인 난청이다. 마나미의 가족은 부모님에 장녀 마나미와 남동생까지 4인 가족으로 모두 선천적인 난청이다. 수어가 모어母語로 이른바 '데프 패밀리deaf family'다. 듣지 못하는 유전자를 나와 마나미 모두 짙게 지니고 있다. 게다가 아이가 듣는다고 해도 귀가 밝은 것부터 어두운 것까지 청력에는 폭넓은 범위가 있다.

●　　자라나면서 자연스럽게 배우는, 바탕이 되는 말.

조금이라도 빨리 검사를 받으려고 한 이유는 '듣는 게 좋다.' 또는 '듣지 못하는 게 낫다.' 같은 바람이 있었기 때문이 아니다. 내 곁으로 찾아온 생명에게 '적절한 소리를 전해주고 싶다'고 생각했기 때문이다.

아이에게 어울리는 소리를 전할 방법을 빨리 알 수 있는데, 그보다 우선할 일은 없었다.

○　○　○

아이가 푹 잠들지 않으면 청력검사를 할 수 없다고 하여 검사 당일에는 평소보다 두 시간 정도 일찍 일어났다. 이쓰키는 눠두면 끝도 없이 잠을 자기 때문에 검사 전에 잠들지 않도록 장난감으로 놀거나 그림책 『배고픈 애벌레』*를 보거나 눈싸움을 하면서 어떻게든 주의를 끌었다. 그래도 잠들려고 하면 옆구리를 붙잡고 바닥에 세웠다. 그러면 똑바로 서서 보는 세계가 신선했는지 빙글빙글 웃으며 걸으려 했다. 그렇게 분투하며 병원 대합실에서 순서를 기다렸다. 접수하고 한 시간쯤 지나자 우리를 불렀다.

●　　에릭 칼 지음, 이희재 옮김, 더큰 2007.

이미 이쓰키는 한계까지 잠을 참은 터라 조금 어르자 금세 졸기 시작했다. 잠을 더욱 깊이 들게 하는 시럽을 먹인 다음 어스레한 검사실로 들어갔다. 이쓰키가 본격적으로 잠들 때까지 간호사는 밖에서 기다렸다. 검사실에는 이쓰키와 마나미와 나만 있었다.

20분 정도 지나자 이쓰키는 완전히 잠들었다. 간호사는 아이의 뺨에 로션 같은 걸 바르더니 커다란 기계와 연결된 컬러풀한 전선을 머리 여기저기에 테이프로 붙였다. 헤드폰을 장착한 이쓰키는 두 뺨이 꾹 눌려서 좀 만화 캐릭터 같았다.

의사가 구불구불 오르락내리락하는 초록색 그래프를 모니터로 보면서 (아마도) 볼륨을 조정했다. "그대로 잠시 기다려주세요." 하고는 나갔다. 검사실에는 다시 우리만 남았다.

성인용 침대에서 홀로 잠자는 갓난아기. 그 몸은 평소보다 훨씬 작아 보였다.

청력검사실에 오랫동안 있는 건 꽤 오랜만이었다. 마지막 청력검사는 아마도 중학생 때였는데, 새로 맞춘 보청기를 조정하기 위해서였다. 그러니 거의 20년 만이다.

일정하게 유지되는 온도, 살짝 코를 찌르는 소독약 냄새, 기계에서 뻗어나온 무수한 전선, 비정할 정도로 새하얀 벽, 차갑고 뻣뻣한 침대 시트의 감촉… 어렸을 적에 여러 번 보았던 광경의 기억이 피부로부터 피어올랐다. 침대에 누워 올려다본 시야에는 항상 부모, 조부모, 의사, 간호사 등 누군가가 있었다. 그때는 내려다보이는 입장이었는데, 이제는 이렇게 내려다보고 있다.

검사를 받는 동안 마나미와 이런저런 이야기를 나눴다.

"나는 하루미치처럼 소리에 신경 쓰지 않잖아. 처음부터 '소리가 없는 사람'이었으니까. 부모님이랑 얘기할 때도 수어를 쓰고 내내 농학교를 다녀서 '듣지 못한다'는 자각조차 없었어. 그래서 애초부터 나는 '보는 사람'이라고 생각해왔어.

하루미치는 스무 살에 보청기를 빼면서 '보는 사람'이 되었던 거지? 그런 점은 우리 둘이 전혀 다르네.

이쓰키가 태어나고 달라진 점이라면, 음… 좀더 '느끼는 사람'이 되어야겠다고 생각했어. 이쓰키가 태어난 뒤로는 종일 모공이 열린 것처럼 감각이 확장되어 있어. 이불 위에 있는 이쓰키의 움직임이나 목소리의 울림처럼 예전에는 눈치채지 못했을 작은 반응도 감지하게 됐고. 보이지 않는 곳인데, 점점 보이는 것처럼 느껴져. 이런 감각을 소중히 해야 할 것 같아."

40분 정도 지나자 검사가 끝났다. 진료실로 이동했다.

당사자를 보지 않고 일방적으로 이야기하는 의사가 많지만, 우리를 담당한 의사는 제대로 눈을 마주 보는 사람이었다. 그런 모습에 우선 안심했다. "필담이 좋으신가요? 아니면 컴퓨터로 타이핑하는 게 낫나요?" 이렇게 물어봐서 타이핑해달라고 요청했다.

옆에 있는 간호사도 들어야 해서 그런지 의사는 음성으로 말하면서 키보드를 두드렸다. 우리를 보며 설명할 때도 손가락을 멈추지 않았는데, 말과 손가락 속도가 서로 달라 오타가 나는 게 재미있었다. 우리를 성심껏 대해준다는 것이 잘 전해져서 오타가 기분 나쁘지는 않았다. '고생하셨어요'가 '고샐하셨서요'로, '청력'이 '천역'으로, '이쓰키'가 '이스이'로 모니터에 나타났다. 특히 '이쓰키'를 '이스이'로 자주 잘못 쳤는데, '이스이란 대체 어떤 아이일까?' 상상할 만큼 내게는 여유가 있었다.

고샐하셨서요. 이스이의 천역검사 경과는
고생하셨어요. 이쓰키의 청력검사 결과는

오타가 날 때마다 지우고 다시 쓰는 통에 이 한 문장을 쓰는 데 2분 가까이 걸렸다. 그러는 사이 묘하게 긴장감이 팽팽해졌다. 쿨쿨 잠자는 이쓰키를 고쳐 안으며 이어질 글자를 기다렸다.

> 문제없었습니다. 산천이에요. 청력은 보통 수준이고요. 이스이는 들을 수 있습니다.

우리가 고개를 갸우뚱하자 의사가 모니터를 돌아보았다. 싱긋 웃으면서 오타를 수정했다. '산천'을 지우고 '건강'과 '청력'을 입력하더니 '강'과 '력'을 지웠다. 덤으로 '이스이'도 '이쓰키'로 바로잡고.

건청.

이쓰키가 듣는다는 사실이 새삼 분명해졌다. 그렇지만 결과를 듣고 딱히 감회가 새롭지는 않았다. '오, 이쓰키는 그런 사람이구나.' 하는 것을 알았을 뿐이다. 게다가 세 살 전에 고열이나 중이염을 앓다가 청력을 상실하는 아이들이 적지 않고, 불분명한 이유로 청력을 잃거나 극심한 스트레스로 인한 심인성 난청 같은 경우도 있다. 그런 것까지 고려하면 걱정에 끝이 없지만, 우선은 이쓰키에게 적절한 소리를 전할 대략적인 방향을 알게 되어 안심했다.

듣지 못하는 부모가 키운 아이들을 '코다CODA'라고 부른다. 'Children of Deaf Adults'의 앞 글자를 딴 것이다. 난청이어도, 부모 중 한쪽만 있어도, 길러준 부모여도, 수어를 쓰지 않아도, 모두 '코다'에 포함된다.

이쓰키는 코다구나. 그래, 그랬구나.

○ ○ ○

병원에서 나와 주차장으로 가는 길에 이쓰키가 깨어났다. 푹 잤을 텐데 아직 약 기운이 남았는지 눈을 살짝만 떴다. 아이는 멍하니 하늘을 올려다보았다. 겨울 하늘이 무척 파랬다.

그때.

이쓰키가 무언가를 찾듯이 주위를 두리번거렸다. 그러고는 멍한 눈으로 가만히 한곳을 바라보았다. 이쓰키를 따라 나도 눈길을 돌려보았지만 얼핏 봐서는 아무것도 없었다.

새가 울었는지도 모른다. 나무에 매달린 마른 잎들이 바람에 흔들리며 웅성거렸을지도 모른다. 구름이 하늘을 유영하는 소리가 났을지도 모른다. 회오리바람을 타고 날아오른 낙엽이 환성을 질렀을지도 모른다. 건물 그림자 속에 장난감으로 노는 사람이 있었는지도 모른다. 노인이 기침했는지도 모른다.

두꺼운 구름 위로 날아가는 비행기의 엔진 소리였는지도 모른다. 햇빛이 내리쬐는 소리가 났을지도 모른다. 지구가 자전하는 소리였을지도 모른다. 차가운 바람을 맞아 소름이 돋는 소리였을지도 모른다. 병원에서 기도하는 이가 말이 아닌 노래를 흘려보냈는지도 모른다. 우주의 암흑물질이 술렁대는 소리였을지도 모른다. 도깨비가 방귀를 뀌었을지도 모른다.

네가 들은 것. 그것을 나는 바로 공유할 수 없다. 그래서 생각한다. 그다음에는 상상한다. 거기에 무슨 소리가 있었을까. 눈에 보이지 않는 소리들이 연달아 머릿속에 떠오르며 다양한 형태로 생겨난다. 이렇게 상상해도 괜찮다. 전혀 상관없다. 자유롭다. 공연히 가슴이 벅차오른다.

상상하기 위한 씨앗, 나는 이미 세계로부터 그 씨앗들을 받았다. 앞으로는 너 역시 상상하기 위한 씨앗을 내게 주겠지. 더없이 감사한 일이다.

이쓰키가 듣는 듯한 조짐은 나에게 상상하기 위한 새로운 힘을 주었다.

마나미가 말한 '느끼는 사람'으로서 앞으로 더욱 깊게 온갖 것들을 느끼고, '상상하는 사람'으로서 만물의 경계에 얽매이지 않는 상상력을 지녀야지. 그렇게 너에게 소리를 전해야지.

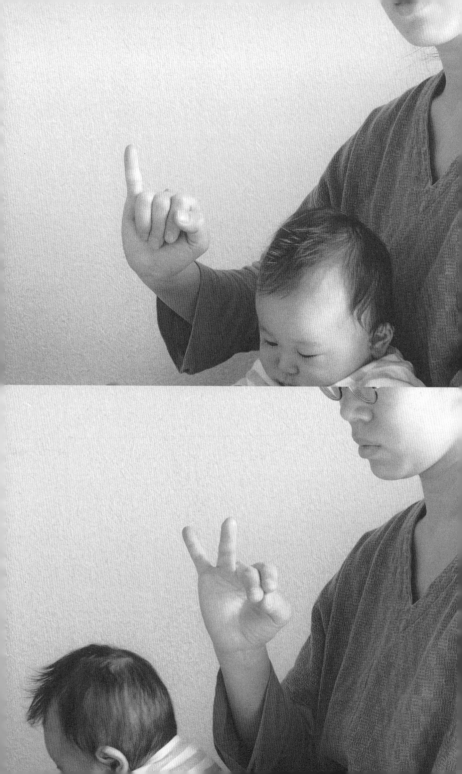

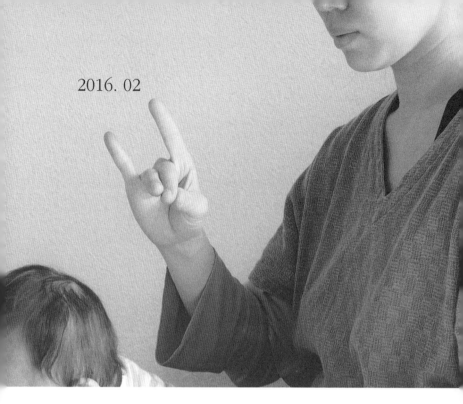

2016. 02

4

손이 보여주는 이야기

—————————— 。

　그날 아침, 이쓰키는 마나미의 무릎 곁에 누워서 까르륵까르륵 웃었다. 그런 이쓰키를 내려다보던 마나미가 주먹을 쥐고 새끼손가락을 곧게 세우면서 이야기는 시작되었다.

　하늘을 향해서 새끼손가락이 우뚝 서 있다.
　그 손 모양은 지문자로 '이ㅣ'다.*
　'이'가 옆으로 눕더니 손목과 팔이 산들산들 흔들리며 움직였다. 부드러운 곡선을 그리는 움직임은 헤엄치는 물고기를 흉내 낸 것이다. 시각적으로 적확하게 표현되어 한눈에 알아보았다.
　새끼손가락은 물고기의 꼬리로 끝이 산들거렸고, 팔뚝은

●　지문자는 글자의 철자 하나하나를 손가락 모양으로 나타내는 것이다. 한글 지문자의 모음 'ㅣ' 역시 주먹을 쥐고 새끼손가락을 하늘로 세우는 것이다.

우람한 몸통으로 힘차게 전신을 흔들며 헤엄쳤다. 이따금씩 물의 저항에 부딪치는 듯했지만 유유히 계속 헤엄쳤다. 그 움직임에서 추측건대 손이 표현하는 것은 강에서 울퉁불퉁한 바위 사이를 나아가는 민물고기다. 어떤 강일까? 분명 깨끗한 물이 흐르는 곳이겠지.

강 상류에서 하류로는 거침없이 쑥쑥 나아갔다. 하류에서 상류로 거슬러 가는 모습은 꼬리를 잘게 움직이거나 전신을 크게 옆으로 흔들거나 한곳에 잠시 머무르는 등 물의 저항에 따라 다르게 표현했다.

리얼리티가 넘치는 그 움직임에 그때껏 내가 보아왔던 물고기들의 심상이 다시금 헤엄치기 시작했다. '손물고기'도 점점 더 현실적으로 보였다. 햇빛이 반사되어 은빛으로 빛나는 물고기의 비늘이 보이는 듯했다.

누워 있는 이쓰키의 눈앞에서 물고기가 한들한들 헤엄쳤다. 이쓰키는 물고기의 배를 올려다보면서 헤엄치는 물고기를 눈으로 쫓아갔다. 나는 수면 아래 있는 이쓰키의 얼굴에 드리운 물고기의 그림자를 보았다.

갑자기 손이 둥실하며 위로 떠오르더니 마나미의 얼굴보다 조금 높은 곳에서 멈추었다. 장면 전환이다.

약손가락과 새끼손가락은 펴고 가운뎃손가락, 집게손가락, 엄지손가락 끝을 모았다.

이 손 모양은 히라가나 '쓰ㅇ'다.*

손목을 까딱까딱하면서 공중에 떠 있는데, 집게손가락과 가운뎃손가락이 빠끔거리듯이 작게 움직이며 엄지손가락과 붙었다가 떨어졌다. 창문 너머로 보이는 태양을 올려다보며 빠끔빠끔. 주위를 둘러보면서 빠끔빠끔. 이쓰키를 내려다보면서 빠끔빠끔. 빠끔빠끔.

새다.

물고기 다음은 하늘을 나는 새다. 마나미의 손이 다시 태어났다.

'손새'는 이곳저곳을 보면서 부리를 여닫으며 짹짹짹 울었다. 참새인가 했는데 아무래도 아닌 것 같았다. 만약 참새였다면 부리에 해당하는 손가락을 움츠려서 더 작게 표현했을 테니까. 마나미는 집게손가락과 가운뎃손가락을 힘껏 쭉쭉 펴면서 부리가 긴 새를 표현했다. 그 새는 그다지 움직이지 않고 한곳을 지그시 응시했다.

그러고 보니 방금 전에는 강에 사는 민물고기였다. 강 근

• 한글 지문자에는 없는 손 모양이다.

처에 사는 부리가 긴 새는 무엇일까? 그 순간 산뜻한 파
란색 새가 마음속에 떠올랐다.

물총새다. 틀림없을 거야.

'손새'는 방금 전까지 '손물고기'가 헤엄치던 곳을 내려
다보면서 활공을 멈추고는 레이저처럼 곧바로 강에 날아
들었다. 이쓰키의 얼굴 앞에, 아니, 수면에 닿기 직전에
새는 부들부들 격렬하게 떨었다. 사방으로 화려하게 튀
는 물보라가 보였다. 이쓰키는 휘둥그레진 눈으로 바로
코앞에서 날뛰는 새를 보았다.

다시금 날아오른 새가 꿈틀꿈틀 떨었다. 부리 끝에 이리
저리 몸을 뒤트는 물고기가 보였다. 물고기가 버둥거려
고생했지만, 새가 날아갈수록 점차 움직임이 잦아들었
다. 새는 조금 전과 달리 평온하게 유유히 날기 시작했
다. 새가 향하는 곳은, 이쓰키의 입이었다.

이쓰키의 입 앞에서 또다시 손이 변화했다.

세 번째 장면으로 전환이다.

다섯손가락을 다 폈다가 가운뎃손가락과 약손가락과 엄
지손가락 끝을 모아서 붙였다.

히라가나 '키き'를 의미하는 지문자다.

손끝은 여우의 주둥이를 표현하듯 삐쭉 튀어나와 있었다. 배고파서 우는 아이에게 밥을 주듯이 '키'의 손끝이 이쓰키의 입으로 총총대며 다가갔다.

그 모습을 보며 이번에는 무엇일까 생각했다. 하지만 알 수 없었다. 뭐든 상관없겠지. 새일 수도, 여우일 수도, 다람쥐일 수도 있다. 곰, 판다, 코끼리, 기린이라고 해도 눈앞에 펼쳐진 광경은 전혀 어색하지 않았다. 그 손이 표현하는 동물은 함께 식사하는 모든 어미와 자식이었다.

마침내 손이 풀어졌다.

여느 때와 같은 마나미의 손으로 돌아가 이쓰키의 양 볼을 감싸듯이 톡톡 두드렸다. "응?"이라는 듯 입을 살짝 내미는 표정을 지었다. 질문하는 표정을 지으며 볼을 두드린다. 그 자체로 "맛있니?"라는 일종의 수어가 되었다.

새끼손가락만 우뚝 세우면 '이ぃ'.

엄지손가락, 집게손가락, 가운뎃손가락 끝을 붙이면 '쓰っ'.

엄지손가락, 가운뎃손가락, 약손가락 끝을 붙이면 '키き'.

• 한글 지문자에는 없는 손 모양이다.

이쓰키의 이름을 나타내는 지문자로 마나미는 즉석에서 이야기를 만들어냈다.

∘ ∘ ∘

그날, 우리는 머리에 까치집을 지은 채 아침을 먹었다. 비엔나소시지에 달걀프라이, 밥과 된장국도 있었던 것으로 기억한다. 불규칙적으로 일어나 대충대충 있는 재료로 밥상을 차릴 때가 많은 우리로서는 보기 드물게 제대로 된 아침밥이었다. 별다른 일정도 없는 날이라 멍하니 느긋하게 밥을 먹었다.

이쓰키는 이불에서 엄지발가락을 빨며 혼자 놀고 있었다. "아기는 몸이 참 부드러워." "엄청 부드러워. 곤약 같다니까." 아이를 보며 이런 얘기를 나누었다.

밥을 다 먹고 설거지를 한 다음 돌아와서 보니 방 안 구석구석까지 햇빛으로 채워져 있었다. 우리 집은 아파트의 3층으로 채광만큼은 최고다. 그물 무늬가 촘촘한 크림색 커튼 너머에서 넘쳐 들어오는 아침 햇빛은 치즈 퐁뒤처럼 농후한 노란색으로 방 안을 가득 채웠다. 밥 냄새도 아직 남아 있었다. 특히 비엔나소시지의 기름 섞인 냄새가 강했다. 그곳에서 마나미는 이쓰키의 발을 붙잡으면서 기저귀를 갈고 있었다.

한 점 그늘도 없어 절로 기분 좋아지는 광경이었다. 아무 일도 없이 끝없이 아름답기만 한 세계.

카메라로 그 광경을 담아보았지만 왠지 자연스럽지 않았다. 전혀 담기지 않았다. 담지 못하는 게 당연하다고 생각했다. 이 광경을 마음에 새기려면 다른 방법이 좋을 듯했다.

"있잖아, 이쓰키의 이름으로 뭔가 이야기를 좀 만들어봐."

그때 이쓰키는 생후 5개월쯤이었는데 움직임에 대한 호기심이 강해지고 있었다. 거기에 얼마 전 '마나미의 자장가'에 대해 들은 뒤라 문득 아이디어가 떠올랐던 것이다.

지금이야 수어가 내 언어로 충분히 몸에 익어 스스로를 '농인'이라고 말하지만, 스무 살까지는 내 정체성이 음성으로 소통하는 청인 문화 속에 있었기 때문에 청인 중심의 생각이 강했다. '말은 음성으로 내는 것(수어는 몸짓이나 손짓밖에 나타내지 못하는 언어다)'이라든가 '노래는 음성으로 부르는 것, 음악은 귀로 듣는 것(그러지 못하는 나는 노래하지 못하고 즐기지도 못한다)'이라고 잘못 생각하곤 했다.

가족 모두가 수어를 모어로 삼는 데프 패밀리에서 자라난 마나미의 사고방식은 나에게 너무나 낯선 문화였다. 일상생활에서도 사소한 계기로 서로의 차이에 깜짝 놀랄 때가 많았다.

내가 처음 자장가를 불러 이쓰키가 잠들었다고 말했을 때 문득 궁금해졌다. 마나미는 어땠을까?

당연하지만 마나미는 음성으로 부르는 자장가를 모른다. 하지만 수어 역시 언어이니 분명 무언가 '부모 자식 사이에서만 통하는 특별한 노래'가 있을 것이라고 짐작했다.

처음에는 이렇게 말했다.

"글쎄, 자장가라… 그런 건 없었던 거 같아."

그렇지만 출산 후 오랜만에 부모님 댁에서 지내며 가족 모두와 이쓰키를 돌보는 중에 뭔가 떠오른 모양이었다.

"그러고 보니까 언제였더라? 네 살이었나? 아니, 세 살이었던가. 밤에 어슴푸레한 방에서 엄마랑 같이 이불에 들어가 있었거든. 그때 엄마가 내 눈앞에서 지문자로 히라가나를 한 글자씩 천천히 말해줬어. 사뿐사뿐하게 꼭 나비가 날갯짓하는 것처럼 '아… 이… 우… 에… 오…' 하면서. 나는 부드럽게 움직이면서 천천히 변하는 손가락을 보다가 어느새 잠이 들었어. 지금 생각하니까 그게 자장가였네."

마나미는 "손의 움직임에서 이야기를 읽어내고 상상하니까 즐거웠어."라고도 덧붙였다. 그 일화를 듣고 얼마 지나지 않았을 때라 이쓰키에게도 손으로 이야기해주길 바랐던 것이다.

o o o

    마나미는 지문자 '이' '쓰' '키'를 하나씩 확인하더니, 조금 생각하고는 순식간에 이야기의 도입부를 지어냈다. "정말로 하나도 어려운 일이 아니야."라고 겸손해했다. 마나미에게는 아침 시간 몇 분을 들였을 뿐인 사소한 장난에 불과했다.

    그렇지만 나는 손이 보여주는 이야기가 무척 재미있었다.

    나는 마나미의 어머니가 그랬듯이 지문자를 리드미컬하게 바꾸는 놀이 같은 걸 상상했다. 그래서 마나미가 보여준 손의 이야기에 제대로 의표를 찔렸다.

    '이'는 물고기가 될 수 있다. '이'를 본래 의미 이상으로 부풀리는 것, 혹은 '이'를 아예 다른 무언가로 탈바꿈시키는 것, 이런 발상이 내게는 전혀 없었다.

    그때, 내가 여태껏 지문자를 종이에 자리 잡은 '문자'와 마찬가지로 여겨왔다는 사실을 깨달았다. '지문자'는 쓰는 것이지만, 그 말이 발화되는 곳은 종이, 텔레비전, 모니터 등 2차원 공간이 아니다. 살아 있는 육체가 존재하는 3차원 공간에서야 말로 지문자가 태어난다. 종이에 쓴 문자와 지문자는 전혀 다른 것이다. 막상 깨닫고 보니 지극히 당연한 말이었다.

    내 머릿속에서 문자란 종이에 밴 잉크의 번짐, 또는 전자

신호를 받아 모니터에 떠오른 도트처럼 2차원 공간에 있는 것이었다. 그렇게 2차원에 갇혀 있던 지문자의 개념이 마나미의 손이 보여준 이야기 덕에 3차원에 있는 것으로 업데이트되었다.

좋아하는 그림책을 읽어달라고 조르는 아이처럼 그 뒤에도 몇 번이나 보여달라고 했다. 마나미는 "뭐? 또?" 하면서도 새와 물고기의 움직임을 조금씩 변주하며 재현해주었다. 똑같은 걸 반복하면 재미없으니까 변화를 준 것 같았다. 그 덕에 심상으로 떠오르는 물총새와 물고기에도 갖가지 변화가 일어났다.

처음 들려주었던 이야기는 아무런 부담 없이 시작해서 그런지 경쾌하고 깔끔했다. 하지만 여러 번 반복하여 열 번째를 넘어설 무렵에는 점점 되는대로 하는 듯했다. 짜증이 조금 섞인 거친 손놀림에서 어딘지 불온한 먹구름이 잔뜩 드리운 정경이 보였다. 이야기의 줄거리는 똑같았지만, 손과 표정의 작은 흔들림에서 갖가지 의미가 읽혀 이야기에 밀도를 더했다.

여러 번 반복해서 지긋지긋할 마나미에게는 미안했지만, 그럼에도 나는 "재미있어. 진짜 재미있어. 굉장하고 재미있어."라며 흥분했다.

○ ○ ○

머리보다 높이 든 주먹을 부드럽게 펼쳤다가 다시 오므
렸다. 별의 반짝임을 표현할 때 자주 쓰는 동작이다.

새끼손가락을 꼿꼿하게 폈다. 뒤이어 새끼손가락을 빠르
게 움직인다. 삐, 삐, 삐, 삐삐, 삐삐삐삐, 삐. 그러고는 지
문자 '이'를 가리키는 손이 그대로 대각선 아래를 향해
떨어졌다. 마나미의 시선이 새끼손가락 끝을 향하고 있
어서 지금 주목해야 하는 것은 새끼손가락임을 알 수 있
었다.

별똥별이다.

'손별똥별'은 이쓰키에게 향하는 도중에 '쓰'가 되었다가
'키'가 되었다. '키'의 손끝이 이쓰키에게 닿으려는 순간,
팡! 하고 손가락이 튕겨 나가며 높이높이 떠올랐다. 피
어오르는 흙먼지나 연기를 표현한 것 같았다. '손먼지'는
바람에 날려 한들한들 떨어지다 이윽고 이쓰키의 얼굴에
내려앉았다.

　손가락과 손과 팔이 흔들리고, 뛰고, 돌고, 뒤집히고, 휘날
리고, 흘러가고, 내려앉고, 튕겨 나간다.

'이' '쓰' '키'라는 세 글자는 물고기이자, 물총새이자, 노래이자, 별이자, 부모 자식이자, 포식이자, 얕은 시내이자, 사랑이자, 물방울이자, 식사이자, 입맞춤이자, 일상사이자, 날갯짓이었다.

2차원의 문자에서 해방된 3차원의 문자 하나하나는 동사로서 살아 있었다. 잘 수도, 뛸 수도, 헤엄칠 수도 있다. 활동을 멈추지 않는 문자는 이 세계에 넘쳐나는 깨끗하고 부드러운 '말'이 되었다.

○ ○ ○

문자 하나하나가 뭐든지 될 수 있다는 것을 알았다.

그 말은 곧 이쓰키 같은 아이라는 존재 속에 자리한 무한한 가능성을 가리키는 것이나 마찬가지라고 생각한다.

아침에 일어나, 밥을 먹고, 이를 닦으면 하루가 시작된다. 낮에는 놀고, 배우고, 잔다. 저녁에는 이유 없이 갑자기 울음을 터뜨리기도 하고, 유아용 방송을 보기도 한다. 그러다 밤이 되어 다시 밥을 먹고, 목욕을 하고, 쉬야를 하고, 방귀를 뀌고, 응가를 싸고, 이를 닦고, 이불 속에 들어가면 하루가 끝난다.

이런 일상이야말로 이 세계 자체라는 것을 나는 명심해두어야 한다. 의미나 이용가치 같은 효과만 추구하다 '언어'에 구애되면, 마나미가 보여준 인간적인 '말'을 잃어버릴 수도 있음을 잊지 말아야 한다.

그래도 만약 삶이 괴로워지거나 해서 '말'의 존재를 잊게 되면, 주위에 있는 대수롭지 않은 것들의 이름을 가지고 다시 손으로 이야기를 지어내보자.

가령 '하늘'. 우리 머리 위에 있는 '하늘'.[*]

집게손가락만 펴서 앞으로 내미는 '소'와 집게손가락 뒤로 가운뎃손가락을 교차해 'r' 모양으로 만드는 '라'.[**] 이 두 가지 손 모양에서는 어떤 이야기가 만들어질까. 네 속에서 '하늘'이란 어떤 것일까? 네가 접해온 모든 것 중 무엇이 또는 누가, 그 손과 손끝에 깃들게 될까.

---

[*]   하늘은 일본어로 '소라(そら)'라고 한다.
[**]   두 손 모양 모두 한글 지문자에는 해당하는 글자가 없다.

2016. 03

5

생
활
을

보
러

가
자

이쓰키는 그림책『배고픈 애벌레』를 무척이나 좋아해서 한 살을 앞둔 무렵에는 애벌레, 과일, 먹을거리를 비롯해 그림책에 그려진 것을 대부분 수어로 말할 수 있었다. 그중 '태양'과 '달'을 수어로 표현하다가 나도 여러 깨달음을 얻었다.

'달'은 수어로 '딱 맞댄 오른손 엄지손가락과 집게손가락 끝을 벌리며 아래로 내리다 다시 좁히면서 내려 손가락 끝을 맞대는 것'이다.° 두 손가락으로 초승달을 그리는 것이다. 손끝의 움직임이 꽤 복잡한데도 이쓰키는 처음부터 그 동작을 잘 따라 했다.

수어를 모르던 사람이 처음 표현해보면 전체적인 손의 움직임은 제대로 해도 움직임만 신경 쓰다 손가락 끝이 초승달

° 　한국수어에서도 '달'을 같은 동작으로 표현한다.

이 아니라 막대나 반달을 그릴 때가 많다. 바로 내가 그랬다. 손동작만 의식하는 바람에 진짜 달의 모양을 떠올리지 않아서 실패한 것이다. 이쓰키도 나처럼 얼추 맞는 수어를 하리라 예상했다.

이쓰키는 손을 아래로 내리는 동시에 오른쪽으로 조금씩 옮기다 다시 왼쪽으로 옮겼고, 손가락을 다시 붙였을 때는 시작 지점에서 수직으로 아래에 손이 위치했다. 이쓰키가 표현하는 수어에서는 초승달의 윤곽이 제대로 보였다. 설마 한 살짜리가 이렇게까지 해낼 줄은 몰라서 나도 마나미도 깜짝 놀랐다. 밤에 달이 떠서 함께 구경할 때면 '달'의 윤곽을 손끝으로 따라가며 그리곤 했지만, 아이가 세세한 특징까지 보는 줄은 몰랐다.

'태양'의 수어는 '두 주먹의 집게손가락과 엄지손가락을 펴고 집게손가락을 위로 향하게 한 다음 가슴 앞에서 두 손을 동시에 위로 올리는 것'이다.[*] 태양이 바다 위로 떠오르는 모습을 나타낸 동작이다. 이쓰키가 그런 정식 수어를 쓰지는 않았지만, 누가 가르치지 않았음에도 손바닥을 광원이라 치고는

---

[*]   한국수어에서도 '태양'을 같은 동작으로 표현한다.

주먹을 쥐었다 활짝 펴며 눈부신 태양을 표현했다.

이쓰키는 자연현상을 몸으로 표현해냈다. 왠지 무척 좋았다. 그래서 아침에 일어나면 이쓰키에게 그날의 날씨를 몸으로 알려주는 것이 일과가 되었다.

날씨는 매일 변한다. 맑음, 흐림, 비. 날씨를 표현할 때는 대충 이 세 가지 단어면 충분했다. 하지만 이쓰키에게 몸을 이용해 제대로 전하려고 하니, 그렇게 짧은 단어로는 눈앞에서 벌어지는 자연현상을 전혀 설명할 수 없었다.

이쓰키가 자신의 손바닥으로 태양을 표현했듯이, 나도 눈앞의 날씨가 되어보았다. 그렇게 해보니 단 하루도 똑같은 날이 없었다.

예컨대 연일 맑다고 해도 피부를 어루만지는 햇빛의 강도와 바람의 세기, 눈을 즐겁게 해주는 하늘의 파란색과 구름의 모양 등은 조금씩 달라진다. 이처럼 매일매일 변하는 자연현상에 따라서 수어와 몸짓을 이용한 표현도 미묘하게 '바뀌고' 말았다.

능동적으로 '날씨에 맞추어 수어를 바꾼 것'이 아니었다. 내게는 그런 일을 매일매일 해낼 만한 재주가 없다. 잠이 덜 깨어 별 생각 없이 날씨를 표현한 것 같아도 나중에 돌이켜보면,

그날의 날씨에 따라 무의식중에 조금씩 다르게 표현한 것 같았다. 스스로도 신기할 정도로 날마다 조금씩 달랐다.

내 서투른 표현을 이쓰키는 지그시 바라봐주었다. 그 조용한 눈빛 때문에 제대로 해야 한다는 책임감이 들었다. 아침마다 나는 '똑같은 날이란 하루도 없구나.' 하는 소박한 놀라움과 맞닥뜨렸다.

눈을 뜬 순간부터 무심히 시작되는, 약간 타성적이고 권태로운 것이 '생활'이라고 생각해왔다. 하지만 나날이 몰라보게 자라나는 갓난아이가 곁에 있으니 생활은 늘 새로웠다.

잔재주를 부려 사진을 남기는 것에 습관적으로 익숙해진 나는, 순간이란 다시 만날 수 있는 것이라고 안주하고 있었다. 바보가 따로 없다.

영원히 되돌릴 수 없는 순간들이 내 의지와 상관없이 그저 쌓여간다. 그처럼 터무니없는 일이 벌어지는 것이 일상이다.

∘ ∘ ∘

'추억하다'.

대수롭지 않아 보이는 말이지만 나에게는 그렇지 않았다.

유년기부터 중학생 때까지는 거의 기억나지 않았다. 나에게 그 시절의 기억이란 굳어서 뚜껑이 열리지 않는 꿀병 같은 것이었다.

병 속에는 기억이라는 벌꿀이 가득하다. 하지만 계속 차가운 곳에 병을 둔 탓에 뚜껑이 단단히 굳어버렸다. 젖 먹던 힘까지 주어도 뚜껑은 도무지 열리지 않는다. 아무리 노력해도 추억할 수 없다.

달콤하지 않은 쓰라린 일이 많긴 했다. 분하고 억울한 일들은 유독 선명히 생각났다. 하지만 그것만은 아니었을 것이다. 금처럼 빛나고 달콤해 가슴에 오래 남을 만한 일도 분명 있었을 것이다.

그런데 정말 소중히 기억해야 할 것일수록 멀게 느껴졌다. 유리병 바깥에서는 안에 담긴 금빛 기억이 보였다. 하지만 뚜껑이 열리지 않았다. 병 속에 있는 걸 아는데 생생하게 실감할 수 없었다. 열지 못한 채 방치된 기억은 차갑게 굳어서 뿌옇게 흐려졌다. 예전의 선명한 금빛은 이제 없다.

당시에도 나는 살아 있었다. 이야기를 했었다. 감정이 움직였었다. 나만의 정경을 봤었다.

그런데도.

단편적인 장면은 떠오르지만, 도저히 그걸 나 자신의 것으로 생생히 추억할 수는 없었다. '추억'이란 무엇인가, 오랫동안 알 수 없었다.

철이 들었을 무렵부터 아침에 일어나면 곧장 보청기를 꼈다.

머리맡에 두었던 보청기의 이어몰드earmold*를 귓구멍으로 밀어넣고 전원을 켠다. 그와 동시에 한없이 소음에 가까운 소리가 밀어닥친다. 집 안에서는 가족의 목소리를 들을 수 있으면 충분했지만 그 외에 필요 없는 소리까지 한데 뒤섞여서 들렸다.

텔레비전 소리도, 주전자에 담긴 물이 끓는 소리도, 식기가 테이블에 놓이는 소리도, 똑같이 들렸다. 눈에 보이는 범위라면 '아, 이 소리는 저기서 났나 보다.'라고 상상할 수 있지만, 당연히 등 뒤, 머리 위, 벽 너머 등 보이지 않는 곳에서도 소리는 났다. 그 소리들을 듣고 어떤 소리인지 구분하기란, 아니, 상상하기란 불가능했다. 모든 소리가 균일하게 들리는 세계란 회색빛이다.

그렇지만 가족의 목소리만은 특별했다. 입술의 움직임에서 말을 추측하는 독순법을 병용하며 들어보면 가족의 목소리에서는 특유의 따뜻한 색이 느껴졌다. 보청기를 통한 소리는 모

---

* 보청기에서 귀에 꽂는 부분. 사용자의 귓구멍을 본떠 제작하기도 한다.

두 똑같을 텐데도. 텔레비전의 연예인, 동급생, 선생님 등의 입은 아무리 봐도 온기가 깃들지 않았는데도.

발음에 따라 입과 입술 모양이 변한다. 숨의 강약도 달라진다. 목청의 떨림도 차이 난다. 그런 것들을 배우기 위해 매일 아침부터 밤까지 손바닥이나 손등으로 다른 사람의 숨결을 느껴보기도 했고, 목에 손을 대보기도 했고, 입 안에서 움직이는 혀를 바라보기도 하는 등 발음훈련을 받았다.

모음인 '아이우에오ぁぃぅぇぉ'는 발음할 때 거의 숨을 내쉬지 않기 때문에 입 모양과 목의 떨림으로 배웠다. '카키쿠케코ゕきくけこ'는 날카롭게 숨을 내쉬고 목청이 한순간 빠르게 떨린다. '사시스세소さしすせそ'는 손바닥에 날숨이 부드럽게 닿는다. 나는 '사시스세소'가 유독 서툴러서 수없이 연습했다. 제일 싫어하는 발음이다.

'타치쓰테토たちつてと'는 입천장에 딱 붙었던 혀를 재빨리 떼며 소리 낸다. '하히후헤호はひふへほ'는 따뜻하고 동글동글한 숨이 손바닥에 살짝 불어온다. '마미무메모まみむめも'는 어떻게 하는지 모르지만 잘하는 모양이었다. 그다지 교정을 받은 기억이 없다. 그래서 '마미무메모'는 좋아한다.

'라리루레로らりるれろ'는 유독 혀의 움직임을 집중해서 지켜

봤다. 입냄새가 지독한 선생님의 입 안에서 꿈틀거리는 미끌미끌한 혀를 보는 게 고역이었다.

'파피푸페포ぱぴぷぺぽ' 같은 파열음은 침과 함께 날카로운 화살처럼 숨을 뱉어낸다. 이것도 좀 싫었다. 한편 '바비부베보ばびぶべぼ'는 호흡도 울림도 적당해서 좋아했다.

발음훈련은 집에서도 계속했다. 그래서 내가 가장 많이 들어본 소리가 무엇인가 하면, 첫째는 어머니의 목소리, 그다음은 다른 가족의 목소리다. 오랫동안 들었기 때문에 가족의 목소리에서 따뜻함을 느꼈던 것이리라.

그렇지만 단순히 많이 들어서 따뜻함이 깃든 것은 아니다. 얼굴을 마주하고 웃거나 싸우거나 화내는 등 음성 외에 직접적인 접촉을 하며 메시지를 주고받았기 때문이다.

초등학교에 입학할 무렵에는 발음훈련에서 혼나는 일이 줄어들어서 '듣기도 발음도 이제는 잘하는 거야.' 하고 자신감을 품었다. 하지만 그저 발음 선생님의 취향을 파악해 혼나지 않도록 발음하는 법을 알았을 뿐, 실제로는 그다지 잘하지 못했을 것이다.

학교에서도 사회에서도, 누군가의 목소리에 따뜻함이 깃들 때까지 시간이나 수고를 들이지는 않는다. 온기를 나눌 수 없는 낯선 타인의 음성은 아무리 공부하고 노력한들 대부분 알아들을 수 없었다.

내 목소리는 입 밖으로 내보내는 순간 사라져버렸다. 청인에게 어떻게 들릴지도 모르는 채 내보낸 음성의 행방을 상대방의 표정에서 읽어냈다. 그렇게 상대방의 안색을 살피면서 내 목소리가 좋은지 나쁜지 확인했다. 그리고 들을 때는 귀와 눈에 온 신경을 집중해 잡음 섞인 소리 속에서 꿈틀대는 입모양을 단서 삼아 상대방의 말을 추측했다. 나에게 대화란 그런 것이었다.

대수롭지 않은 대화조차 힘겨웠다. 그럼에도 '음성으로 말하지 못하면, 듣지 못하면, 제 구실을 할 수 없다.'라는 강박에 사로잡힌 채 안개 같은 음성을 붙잡으려 애썼다. 신경은 나날이 쇠약해졌다.

언제부터 아침에 일어나면 우울했더라.

일반 학교를 다니던 중학생 시절에는 심신이 모두 한계에 달해서 아침부터 몸이 무겁고 매사에 의욕이 없었다. 제대로 대화도 못 하는 나에게 미래란 없는 것 같아서 생각 자체가 귀찮아졌다. 부모에게 반항할 기운도 없어서 모든 감정에 뚜껑을 덮고 되도록 눈에 띄지 않게 관성적으로 학교를 다녔다.

우울증의 전조는 유년기부터 이미 있었던 것 같은데, 초등학교 고학년이 되자 조금만 방심해도 불쑥 고개를 내밀었다. 불길한 예감밖에 불러일으키지 않는 우울함을 억누르고 나는 마치 청인인 양 행동하려 했다.

상대의 말을 예상하고, 그에 어울리는 답을 되도록 전달하기 수월한 발음으로 변환해서 말하는 것. 말과 말이 서로 맞물린다는 실감이라고는 전혀 없는 대화. 농학교에 입학해 수어를 만나기 전까지 내가 경험한 대화란 전부 그랬다.

홀로 헛도는 대화밖에 할 수 없었던 시기의 추억이란 무척 얄팍하다. 또한 그런 일을 추억한들 아무런 기쁨도 없으니 생각조차 하지 않았다. 그렇게 결국 내 속에 기억으로 남은 것은 없게 되었다.

'추억하다'란 무엇일까. 어렴풋이나마 그 의미를 알게 된 것은 스무 살이 넘은 때였다.

수어에 익숙해질수록 그때까지 반드시 필요하다고 여겼던 보청기에 점점 의존하지 않게 되었다. 농학교에 입학한 뒤로는 한 달 중 보청기를 끼지 않는 날이 더 많아졌고, 졸업할 무렵에는 보청기를 전혀 끼지 않았다. 농학교에서 보낸 5년은 나에게 청춘시대이자, 말을 재활하던 기간이었다.

말을 되찾을수록 내 것으로 생생하게 떠올릴 수 있는 기억이 늘어났다. 말이 깊어질수록 추억에 뉘앙스가 더해졌고, 냄새와 감촉과 맛도 재현되었다.

물론 있었던 일을 그대로 기억한다는 말은 아니다. 내 편의대로 이리저리 각색한 기억이긴 할 것이다. 그럼에도 추억할 수 있어서 진심으로 기뻤다.

지금은 나도 안다. 내가 추억할 수 없었던 것은 마음과 밀접하게 연결된 말을 지니지 못했기 때문이었다. 나는 말이 빈곤한 사람이었다. 말이 빈곤해서 '추억하기' 어려웠던 것이다.

수어와 만나 마음과 연결된 말을 발화할 수 있게 되면서 기억의 유리병도 손쉽게 열리기 시작했다. 이제는 병 속에 담긴 금빛 기억의 달콤함을 음미할 수 있다.

마나미와 농학교에서 만난 지 벌써 15년이 지났다. 우리는 대화를 잔뜩 했다. 진지한 대화뿐 아니라 하찮은 대화도 했다. 이제야 새삼 깨닫는다. 몇 초 지나면 연기처럼 흩어질 그 하찮은 이야기가 바로 기억의 디테일을 떠받치고 있는 것이다.

하찮은 대화는 대수롭지 않아 금방 잊히는 듯하다. 하지만 그렇지 않다. 하찮은 대화는 끈끈한 벌꿀처럼 무척 달콤하며 부드럽기도 하다. 부드러운 말은 딱딱하고 각진 의미 있는 말들이 쌓여 이뤄진 대화의 틈새나 균열로 주르륵주르륵 미끈 미끈 침투해간다. 세세한 부분까지 스며드는 말이야말로 기억과 직접 연결된다.

'가장 오래전 기억은 무엇인가?'를 주제로 마나미와 이야기한 적이 있다.

"세 살 때였나, 한 살이던 남동생이 개미 먹는 걸 봤던 날 같은데… 우와와왓! 하고 깜짝 놀랐던 게 기억나."

"아! 남동생이 태어난 날도 기억나. 두 살 반쯤이었을 거야. 쪼그만 아기가 신생아실에 누워 있는 걸 유리 너머에서 봤어. 아빠한테 안겨 있었는데 왠지 등이 아팠어."

"아, 아! 아빠라고 하니 말인데 두 살 생일에 아빠가 케이크에 올라간 딸기를 가리키면서 (오므린 손끝을 코끝에 대고) '이건 딸기, 딸기야.'라고 했어.* 나는 '응! 딸기!' 했고. 그 뒤에 '딸기 먹을래?' '딸기 먹을래! 딸기!' 하고 둘이서 몇 번씩 '딸기'를 말했던 것도 기억나네."

한 번 물어봤을 뿐인데 금세 추억이 줄줄이 나왔다. 어쩜 그렇게 세세하게 기억하는지 신기했다. 그리고 부러웠다.

---

* 일본수어에서 딸기는 '오른손 손가락을 한데 오므리고 코끝을 두드리는 것'이다. 한국수어는 조금 다른데 '오른손 집게손가락을 곧게 펴고 손가락 옆면으로 입술 밑을 스치듯이 그은 다음, 오른손을 오므리고 손끝을 코끝에 두 번 대는 것'이다.

이쓰키가 성장할수록 디테일이 숨 쉬는 마나미의 기억에 대한 선망도 더욱 강해졌다. 그 선망은 '나도 저런 기억을 갖고 싶다.'라는 바람으로 이어졌다.

마나미의 아버지가 '딸기'를 알려주었듯이, 나 역시 한 단어를 정성스레 이쓰키에게 전하거나, 매일매일 일기를 쓰거나, 사진을 찍거나 하면서 조금씩 '세세한 기억을 남기려고' 의식하기 시작했다.

그러자 아무것도 생각나지 않는 줄 알았던 기억이 빙글빙글 재생되기 시작했다. 그 기억을 원고로 써보니 내 체험으로 술술 써져 허탈할 정도였다. (이 책과 동시에 출간된 『목소리 순례』라는 책은 바로 그렇게 쓴 것이다.)

생각해보면 뚜껑을 힘으로 비트는 것만이 병을 여는 방법은 아니다. 뜨거운 물에 병을 담가 가열하는 '중탕' 같은 방법도 있다. 마나미와 이쓰키가 함께한 '생활'이 천천히 내 기억의 병을 데워주었다. 그러자 스르르 뚜껑이 열렸다. 뿌옇게 흐려졌던 꿀도 충분히 따뜻해지자 맑은 금빛을 되찾았다. 지금 나는 기억이라는 꿀을 맛볼 수 있다. 사라진 것이 아니었다.

●　　　『목소리 순례(声めぐり)』(晶文社 2018)는 저자가 자신의 성장 과정을 돌아보며 쓴 책이다. 『서로 다른 기념일』과 『목소리 순례』는 출판사가 서로 다름에도 저자의 뜻을 존중해 디자인 콘셉트를 통일했고 동시에 출간되었다.

○　○　○

생활을 '놔둬도 알아서 시작되는 것'이라고 수동적으로 받아들이면 또다시 구석구석 세세한 기억을 길러내지 못할 것 같았다. 그건 나에게 무서운 일이었다.

그래서 생활은 알아서 시작되는 것이 아니라 '보러 가야 하는 것'이라고 생각하기로 했다.

"바다에 놀러 가고 싶어."라는 말에 해수욕 바지 등을 준비해서 바다로 향하듯이, "반짝이는 별하늘을 보고 싶어."라는 말에 불빛이 적은 시골을 일부러 찾아가듯이, "눈밭을 밟고 싶어."라는 말에 옷을 몇 겹씩 입고 굳이 대설 속으로 들어가듯이, 의식적으로 '생활을 보러 가는 것'이다.

아침이다.

가장 먼저 일어나는 사람은 이쓰키. 배가 고파서 칭얼거린다. 어쩌다 보니 나도 일어나서 실눈을 뜨고 이쓰키를 바라본다. 버둥대는 손이 곁에 잠든 마나미의 긴 머리카락을 휘감고, 휘감으며, 더 휘감으려 꽉 쥔다. 팽팽하게 머리카락을 잡아당기자 마나미도 눈을 뜬다. 매일 이렇게 일어났구나.

마나미의 모어는 일본수어라 꿈속에서도 대화는 대부분 수어로 한다. 음성으로 말하는 사람의 목소리는 만화의 말풍선처럼 눈에 보이는 형태로 불쑥 나타난다고 한다. 역시 나와 전혀 달라서 "헉!" 하고 놀랐다.

나는 별로 꿈을 꾸지 않는다. 아니, 깨자마자 잊어버린다. 커다란 소리로 잠꼬대를 했는지 내 목소리의 울림에 깜짝 놀라 일어날 때가 가끔 있었다. 그런 걸 보면 꿈속에서 음성언어로 대화했던 모양이다.

수어를 만나고 16년째인 지금은 꿈속에서도 수어로 얘기할 때가 있는 것 같다. 내 속마음을 수어로 격렬하게 털어놓으면 팔에 독특한 피로감이 남는데, 그런 피로를 느끼며 잠에서 깨는 날이 늘어났기 때문이다.

이쓰키가 젖을 먹고 기분이 좋아지면 한동안 이불에서 함께 논다. 기저귀를 갈고 나도 옷을 갈아입는다. 그러고는 이쓰키에게 그날의 날씨를 알려준다. 맑음, 흐림, 비. 아주 드물게 눈보라. 날씨에 맞추어 손을 팔랑팔랑, 몸을 꾸물꾸물, 표정을 요리조리 바꾼다.

그런 습관이 들고 새삼 절실히 깨달았다. 자연에는 항상 무언가가 흐르고 넘친다. 대수롭지 않다는 듯 이뤄지는 기적 같은 무언가가 늘 풍부하게 넘실거린다.

그 흐름 속에 있는 동안에는 무엇이 어떻게 변하는지 눈치 채기 어렵다. 하지만 물방울이 계속해서 떨어지면 바위도 뚫 듯이, 쌓이고 쌓인 사소한 무언가가 '말'이 되어 마음과 몸에 침투하면 비로소 모든 것이 시작된다.

오늘도 생활을 보러 가자.

옷을 갈아입거나 세수를 하는 마음가짐이란 대충 그렇다.

2016. 04

6

욕조에서 깨닫다

꠺꠺꠺꠺꠺꠺꠺꠺꠺ 。

우리 집은 밤 8시쯤에 목욕을 한다. 순서를 정해두지는 않았지만 먼저 욕조에 들어가는 사람은 30분 정도 반신욕을 하며 혼자만의 시간을 보낸다. 이쓰키가 생후 4개월이 되던 무렵에는 마나미가 먼저 목욕한 적이 많았던 것 같다.

그때 마나미는 만화 『보노보노』에 푹 빠져 있었다. 보노보노 특유의 느긋한 말투를 흉내 내면서 "보노보노의 리듬에 빠져보면 말이지. 이쓰키도 동물이었지 하는 생각이 들어. 그러면 이쓰키가 시간의 흐름을 어떻게 느낄지 알 것도 같아."라고 알 듯 말 듯한 소리를 감개무량하게 했다.

마나미가 목욕하는 동안 나는 이부자리를 준비한다. 잘 개어둔 요를 펼치고 시트를 정리한다. 조금 설 수 있게 된 이쓰키는 내가 준비하는 동안 무언가를 잡고 서서 움직이거나 이불 위에 벌렁 자빠져서 장난감으로 혼자 놀거나 한다.

이부자리를 다 준비하면 먼저 내가 옷을 벗고 이쓰키의 옷을 벗기는데 그 전에 반드시 하는 일이 있다. 이쓰키의 몸통을 주먹으로 쓱쓱 문지르는 것이다. '목욕'을 의미하는 수어다.* 문지르면서 "목, 욕, 이, 야." 하고 목소리도 낸다.

그러면 이쓰키의 눈이 반짝 빛난다. 기뻐하는 미소가 활짝 떠오른다.

나는 괜히 꾸물대면서 옷을 벗긴다. 꾸물대면 꾸물댈수록 이쓰키는 못 참겠다는 듯이 발을 버둥댄다. 그러면 나는 투두두둑 단숨에 우주복의 똑딱단추를 푼다. "아!" 하고 외쳤을 것 같은데, 이쓰키는 웃으며 크게 몸을 젖힌다. 새하얀 배내옷의 끈을 하나씩 풀 때마다 흥분은 더욱 고조되어 손발을 붕붕 흔들며 발버둥 친다.

목욕할 때마다 이렇게 반응한다. 아기 욕조를 벗어나 함께 목욕하게 된 뒤로 한결같다. 어지간히 목욕이 좋은 모양이다.

김이 자욱한 욕실에 들어가 보면 근시가 심한 마나미가 만화책에 얼굴을 딱 붙이고 있다. 만화책을 건네받아서 탈의실에 둔다. 이쓰키를 간단히 씻기고 마나미가 있는 욕조에 들어가게 한다.

---

* 　한국수어에서 목욕은 '오른 손바닥을 배, 왼 손바닥을 오른 가슴에 두고 좌우로 문지르는 것'이다.

이쓰키는 따뜻한 물에 들어가면 그 전까지 아무리 신났어도 곧장 얌전해진다. 단팥죽 속의 찹쌀떡처럼 쫀득쫀득 말랑말랑 녹아든다. 그 모습을 보면 따뜻한 목욕물에 몸을 푹 담그는 게 얼마나 호강스러운 일인지 알 것 같다.

나도 몸을 씻고 욕조에 들어간다. 셋이나 앉으면 바늘 찌를 틈도 없이 꽉 차는 욕조지만, 반신욕을 위해 허리까지만 채웠던 물이 어깨도 잠길 만큼 올라온다. 절약도 되어 딱 좋았다.

몇 분 뒤 만화책을 보느라 오래 몸을 담갔던 마나미가 먼저 일어난다. 잠시 동안 이쓰키와 단둘이다. 굉장히 행복한 시간이다. 욕조에 들어가면 머리도 긴장이 풀려 부드러워지는지 두서없이 이런저런 생각이 떠오른다.

○ ○ ○

어느 날, 욕조에서 번뜩인 깨달음.

나는 이쓰키가 목욕물을 두드리면서 노는 줄 알았다. 이쓰키는 연신 손으로 수면을 강하게 때렸다. 참방참방 물보라가 일었다. '음, 즐겁나 보네. 아이고, 귀여워라. 귀여워, 아하하.' 이렇게 생각하면서 보았다.

그런데 수면을 때리던 와중에 점점 힘 조절을 하더니 손을 살살 움직였다. 이쓰키는 수면에 손을 두려고 했다. 그렇지만 손은 가라앉았다. 이쓰키는 가라앉는 손을 바라보면서 신기해 했다.

이쓰키는 손을 휙 들고 붕붕 돌리더니 다시 손바닥을 수면에 두려고 했다. 또다시 가라앉는 손을 재미있다는 듯이 내려다봤다. '수면'이라는 경계에 몇 번씩 손을 대면서 수면 아래와 수면 위의 차이점을 실컷 체험했다. 그냥 노는 게 아니라 사고를 했다.

'오오!' 놀라워서 나도 흉내를 내봤다.

손바닥을 수면에 두려고 해보았다. 스르르 물속으로 가라앉았다. 수면과 닿을 듯 말 듯한 위치에서 손을 멈추고 올려둔 척할 수는 있지만, 역시나 정말로 둘 수는 없다. 찰랑, 찰랑. 수면 아래로 가라앉을 때마다 손이 따뜻한 물에 감싸였다. 보호를 받는 듯한 느낌. 수면 위로 손을 꺼내면 서늘했다. 보호해주던 것이 없어진 듯한 허전함. 허전하지만 사방이 둘러싸였다는 압박감은 없었다. 허전한 가뿐함.

따뜻함과 서늘함을 왕복하면 기분 좋았다.

생각해보니 이쓰키는 불과 4개월 전까지 양수에 잠겨 있었다. 태어나고 겪은 4개월보다 엄마의 배 속에 있었던 10개월하고도 열흘이 훨씬 길다. 이쓰키의 피부에는 양수 속의 기억이 훨씬 진하게 배어 있을 것이다.

양수의 온도는 약 37~38도라고 한다. 목욕물 온도와 비슷하다. 그러고 보니 갓 태어난 이쓰키는 온탕에 한참 있다 나와서 얼굴이 벌게진 아저씨와 비슷했다. 내가 탯줄을 싹둑 자르자 곧장 조산사가 아기에게 내의를 입히고 포대기로 감쌌다. 포대기는 목욕하고 감기에 걸리지 않도록 걸치는 배스 타월 같은 것이었다.

목욕물에 손을 푹 담그고 첨벙첨벙 물을 휘저으며 "여긴 욕조야."라고 알려주었다. 뒤이어 손으로 위를 가리키며 "여기는…"하는데, 무슨 단어가 어울릴지 헷갈렸다.

어, 욕조 위에 있는 건 뭐지? 욕조 밖? 목욕탕? 공기? 공간? 텅 빈 곳? 어느 것도 썩 어울리지 않았다. 좀 초조해서 손바닥을 빙글빙글 돌렸다. 그러다 불현듯 '하늘'이라는 단어가 떠올랐다.

"…여기서 위는 하늘이야."

스스로 '그랬구나.' 하고 감탄했다.

빈 공간을 어루만지듯 손을 빙글빙글 돌리는 동작은 '하늘'을 의미하는 우리만의 수어다. (수어사전에 실린 일반적인 '하늘'과는 다르지만, 나와 마나미 사이에서는 이 동작이 '하늘'을 뜻한다.)

별 생각 없이 하던 몸짓이 '말'을 불러냈다. 몸의 움직임이나 그 자리의 환경에 따라 나도 모르는 사이에 '말'을 이끌어낸 것이다.

따뜻한 물이 가득한 욕조와 수면이라는 환경을 눈치챈 이쓰키가 불러낸 '말' 덕에 욕조가 하늘과 연결되었다. 아무 관계도 없었던 것들이 생각지 못한 형태로 연결되었다. '말'의 역할이란 바로 이런 것이다. 서로 연결한 것들이 동떨어져 보일수록 그것들을 연결함으로써 울퉁불퉁하던 세계가 매끄러워진다.

하늘.

욕조에 몸을 담근 우리 위에는 하늘이 있었구나.

○ ○ ○

또 다른 날, 욕조에서 번뜩인 깨달음.

노란색 오리 장난감으로 노는 이쓰키의 뒤통수를 보고 있는데, 불현듯 그리움에 휩싸였다.

음? 저 뒤통수, 누구랑 닮았는데.

방금 전에 씻은 이쓰키의 푹 젖은 머리카락이 두피에 착 달라붙어 있었다. 얼핏 보면 머리가 벗어진 것 같았다. 목덜미

언저리는 살이 포동포동했다. 등을 돌리고 있어 얼굴은 보일 듯 보이지 않았다. 뭘 보고 뭘 느끼는지 알 수 없었다. 하지만 무척 즐거워하는 건 어깨 너머에서도 알 수 있었다. 이쓰키는 느린 동작으로 오리를 쿡쿡 찔렀다. 그 순간 번쩍 떠올랐다.

할아버지였다.

이쓰키가 태어나기 1년 전쯤 조부모님, 어머니, 여동생과 함께 할머니의 고향인 아이치현에 귀성을 겸해 가족여행을 간 적이 있다.

그날은 어쩌다 보니 이쓰키와 목욕하기 직전까지 사진 정리를 했는데, 사진 중에 그 가족여행에서 찍은 할아버지의 뒷모습이 있었다.

다리가 불편해 지팡이를 짚고 천천히 걸어가는 할아버지와 그 곁에서 부축하는 여덟 살짜리 조카—할아버지에게는 증손주—를 뒤에서 찍은 사진이었다. 할아버지의 뒷모습이 눈앞에 있는 이쓰키의 뒤통수와 닮아 보였다.

그 사진을 찍은 다음 조카를 대신해서 내가 할아버지를 부축했다.

땅, 탁, 땅, 탁. 지팡이를 짚은 다음 다리를 힘주어 올려 한 걸음 옮긴다. 땅, 탁, 땅, 탁, 땅, 탁, 땅, 탁, 땅, 탁.

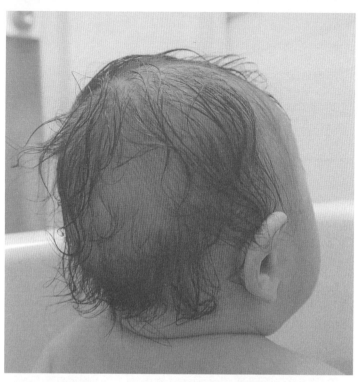

보행이라기보다 '걸음을 새긴다'고 해야 할 것 같았다. 할아버지의 걸음은 잡고 서기를 시작한 이쓰키의 리듬과도 비슷했다.

할아버지와 대화할 때는 보통 어머니가 통역을 해준다.

나는 되도록 할아버지의 말을 있는 그대로 알고 싶어서 입의 움직임을 읽어내려 했다. 할아버지도 천천히 입을 움직이며 말해주었지만, 역시 알 수 없었다. 수십 년을 함께 지낸 사람인데 무슨 말을 하는지 들을 수 없었다.

그래도 세월이 쌓이며 확실히 알아듣게 된 말도 있다.

"건강하냐? 아픈 데는 없고? (학교는, 또는 일은, 또는 사진은) 문제없냐? 밥은 잘 먹고 다니지? 할머니가 만든 음식 더 먹어라."

언제나 내 몸을, 밥벌이를, 생활을, 밥을 걱정해주었다. 수십 년 동안 할아버지가 말한 것은, 아니, 내가 알아듣는 말은 거의 변하지 않았다.

"네, 사진으로 먹고살아요. 마나미도 이쓰키도 저도 잘 지내고 있어요."

서른한 살이 지났을 무렵부터 겨우 그렇게 답할 수 있었다. 그때까지는 "아슬아슬하지만 아르바이트도 하고 있어요." "조금씩 사진 일이 들어오고 있어요." 하고 어딘지 불안하게 답했지만 말이다.

사진으로 먹고산다고 처음 분명히 이야기했을 때, 할아버지는 "그러냐." 하듯이 활짝 웃었다. 눈을 가늘게 뜨고 생글생글 웃으며 고개를 연신 끄덕였다. 더 묻고 싶은 게 많았을 것이다. 하지만 질문을 꾹 삼킨 채 미소만 가득 머금고 내 눈을 지그시 바라보았다.

그때껏 할아버지는 내가 말을 알아듣지 못하면 곧장 어머니나 할머니에게 얼른 통역하라고 재촉했다. 그런데 그때는 그러지 않았다. 가만히 침묵했다. 그래서 별일이라고 생각했던 것이 기억난다.

치매가 진행되어 할아버지가 사소한 일에 연연하지 않게 되었기 때문일 수도 있고, 아닐 수도 있다. 나 자신이 사진을 찍으며 시선도 일종의 '목소리'임을 배웠기 때문일 수도 있다.

잠시 뒤 할아버지는 텔레비전을 보기 시작했다. 손을 볼에 대고 "그렇구나. 그랬구나." 하듯이 몇 번이고 고개를 끄덕이면서. 그 등과 뒤통수가 왠지 시간이 지나도 마음속에 남았다.

생후 4개월인 이쓰키의 뒤통수에서 여든네 살의 뒷모습을 떠올렸을 때, 시공이 요동치는 듯한 터무니없는 생각에 사로잡혔다.

30년 전, 할아버지도 이렇게 목욕탕에서 나를 보았을지 모른다. 그렇게 상상하니 마치 갓난아이가 된 할아버지와 함께 욕조에 들어와 있는 것 같았다.

욕조 안에서 할아버지와 이쓰키와 나는 시공을 뛰어넘었다.

ｏ　ｏ　ｏ

또다시 다른 날, 욕조에서 번뜩인 깨달음.

멍하니 이쓰키의 정수리를 내려다보는데 발딱발딱하며 뛰는 곳이 있었다. 누르면 안 된다는 것은 알았다. 발딱발딱하는 부위를 폭 덮듯이 손바닥을 대보니 부드럽게 오르내리고 있었다. 감각을 더 곤두세우자 '두근 두근 두근 두근 두근 두근'하는 맥박이 느껴졌다.

나중에 찾아보았는데 '숫구멍'이라는 부위로 신생아의 두개골이 아직 완전히 결합되지 않아 남아 있는 일종의 틈이라고 한다.

일상에서는 숫구멍이 좀처럼 눈에 띄지 않는다. 욕조에서 몸이 따뜻해지면 심장 고동이 활발해지기 때문에 숫구멍의 막도 크게 움직여 잘 보이는 것 같았다.

눈을 감고 그 막의 움직임을 느껴보았다. 점점 뜨거워졌다.

오르락내리락하는 움직임 자체는 병아리의 심장 고동처럼 자그마했지만, 그에 어울리지 않게 묵직한 열기가 느껴졌다.

'두근 두근 두근 두근 두근 두근 두근 두근.'

고동이 칠 때마다 감은 눈에 비치는 암흑 속에서 별들이 반짝였다. 한 손을 이쓰키의 심장에 대고 있어 고동의 반짝임은 갈수록 늘어났다.

갓난아이 속에는 우주가 있었다. 우주는 가장 가까운 존재의 중심에 있었다. 존재의 안쪽 깊숙한 곳에서 우주가 샘솟고 있었다.

○ ○ ○

슬슬 욕조에서 나갈까 하는 생각이 들면 반드시 하는 일이 있다.

"너, 의."

천천히, 분명하게, 손과 목소리로 모두 말을 건다.

"이, 름, 은."

지그시 눈을 본다.

"이, 쓰, 키."

한 글자씩 말할 때마다 이쓰키는 입을 벙긋벙긋 벌린다. 따뜻한 물속에서는 목의 떨림이 선명히 전해진다. 일상생활에서는 손가락을 대봐야 목의 울림을 알 수 있지만, 욕조에서는 전신으로 느껴진다. 그래서 이쓰키가 내 부름에 답하는 것을 알 수 있다. 놀라울 만큼 이쓰키의 목소리는 내 몸을 감싸고 울린다. 그 생생한 느낌이 벅차서 목욕할 때마다 말을 건다.

지문자 덕에 느끼는 즐거움도 있다.

눈앞에서 지문자를 보여주면 이쓰키는 고양이가 날갯짓하는 나비를 쫓듯이 살랑살랑 움직이는 손을 붙잡으려 든다. 그러다 달라붙듯이 두 손으로 내 손가락을 꽉 잡아 가슴으로 끌어안는다. '이'를 나타내는 새끼손가락을 좋아했다. 그러다보면 아이는 대체로 얌전해졌다.

배스 타월로 몸을 감싸 물기를 닦은 다음 포대기를 이쓰키에게 두른다. 얼굴이 발그레해진 이쓰키는 잠이 쏟아지는지 노곤한 표정이다. 반쯤 눈을 감은 채 모든 감정이 한데 녹아든 듯한 눈빛으로 '하늘'을 본다.

"저런 눈빛이 또 있을까." 늘 감탄한다.

마 나 미 라 는
사 람

선천적 청각장애를 지닌 아이들이 매년 1,000명 중 1명꼴로
태어난다고 한다. 청각장애라는 말로 뭉뚱그리지만, 실제로는
그 안에도 여러 갈래가 있다.

우선 청각장애는 크게 세 가지로 나눌 수 있다.

소리를 느끼는 기관인 내이內耳에 장애가 있는 것을 '감음성
난청'이라고 한다. 인간의 내이에는 달팽이관이 있는데, 그 관
의 유모세포有毛細胞가 소리를 감지한다. 감음성 난청이란 그
유모세포가 적어서 소리를 잘 느끼지 못하는 것이다. 그 때문
에 보청기를 사용해도 청인처럼 듣지는 못한다.

나와 마나미는 모두 감음성 난청이다.

외이外耳와 내이 사이에 무언가 이물질(귓바퀴의 변형, 고막의
상처, 중이中耳에 쌓인 물이나 고름 등)이 있는 경우를 '전음성
난청'이라고 한다. 전음성 난청은 보청기 등을 이용해 소리를

키우면 청력을 회복할 수 있다.

감음성 난청과 전음성 난청이 한데 섞인 경우를 '혼합성 난청'이라고 한다. 고령자의 난청은 혼합성 난청일 때가 많다. 감음성과 전음성 중 어느 쪽 증상이 심할지는 사람마다 다르다.

원인에 따라 난청을 나누었지만, 그 외에도 난청은 다양하게 분류할 수 있다.

예컨대 청력을 보완하기 위해 어떤 방법을 선택하는지도 기준이 된다. 보청기, 인공내이, 귓속의 이물질을 제거하는 수술, 내이의 혈액순환을 증진하는 약물치료 등이 있다.

또한 소통할 때 어떤 수단을 쓰는지도 기준으로 삼을 수 있다. 일본수어, 수지手指일본어, 지문자, 큐드 스피치cued speech,˙ 필담, 발음훈련을 거친 발화 등이다. 일본수어와 수지일본어에 대해서는 뒤에서 좀더 자세히 이야기하겠다.

마나미와 나는 모두 흔히 말하는 '청각장애인'에 속하지만, 마나미는 앞서 말했듯 가족 모두가 농인인 데프 패밀리에서 태어나 수어를 모어로 하는 '농문화'에서 자라다 열여덟 살부터 본격적으로 '청문화'를 접하기 시작했다. 나는 음성언어를 모

˙ 입으로 하는 의사소통을 보완하는 방법으로 입만 봐서는 알기 어려운 음소들의 단서를 뺨 근처에서 수신호로 보여줘 식별하기 쉽게 한다.

어로 하는 '청문화'에서 나고 자라다 열여섯 살에 '농문화'를
처음 접했으니 마나미와 정반대다.
그래서 마나미를 인터뷰하며 나와 구체적으로 어떤 점이 다
른지 살펴보았다.

○ ○ ○

하루미치(이하 하) 음, 출판사 편집자에게 듣고 깨달은 건데, 우리
는 지금까지 전혀 다르게 살았더라고. 내 부모님은 청인인데,
마나미 부모님은 농인이지. 그 외에도 다른 점이 많고. 그런데
잘 모르는 사람은 '농인'이라 하면 다 같은 줄 알잖아. 다르다
고 말해줘도 속으로는 얼마나 다르겠냐 생각하고. 사실 나도
마나미랑 만나서 사이가 깊어지기 전에는 이렇게 다를 줄 몰
랐어. 그래서 그런 이야기를 좀 나눠보고 싶어.

마나미(이하 마) 그래.

하 > 그럼 우선, 마나미는 뭘 좋아해?

마 > 아프리카 공예처럼 이국적이면서 토속적인 거. 전통 염
색, 개구리, 두부, 만화도 좋아하고.

하 > 만화라, 나도 좋아해. 요즘 좋아하는 만화는 뭐야?

마 › 『코우노도리』랑 『귀멸의 칼날』에 푹 빠져 있어. 캐릭터가 엄청 귀여워.

하 › 그럼 인생 만화는?

마 › 인생 만화라… 모로호시 다이지로, 우메즈 가즈오, 야마기시 료코, 사쿠라 다마키치, 『신부 이야기』 『유리가면』일까. 훨씬 많긴 해!

하 › 내 인생 만화는 아라이 히데키, 사쿠라 다마키치, 『바나나 피쉬』 『근육맨』 『베르세르크』야. 그러고 보니까 농인의 체험담을 보면 소리를 만화로 배웠다는 일화가 많은데, 마나미는 어땠어?

마 › 소리를 배운 건 아닌데, 대학교에 들어가서 청인들이랑 얘기하다가 만화에 나오는 소리가 현실에 없다는 걸 알고 충격을 받았어. 예를 들어 빗소리를 만화에서는 '주룩주룩'이라고 쓰잖아. "상상력을 최대한 동원하면 그런 소리인 것 같은데, 실제로는 '투투투투' 하는 소리가 계속될 뿐이야."라고 해서 깜짝 놀랐어.

하 › 그랬구나.

마 › 그리고 청인은 "헉!"이라고 소리 내면서 놀라지 않는 것도! 나는 다들 자기 입으로 그런 소리를 내는 줄 알았어…. 수어에서는 "헉!"이랑 뉘앙스가 비슷한 표현을 어른도 쓰잖아.

하 › 초등학교 저학년 때 『마루코는 아홉 살』이 인기 있었는데, 거기 나오는 "헉!"을 굳이 말하는 게 유행했어. 물론 애들만 그랬지. 어른은 유치해서 그런 말을 쓰지 않았는데… 수어에서는 다르구나. 나이 상관없이 다들 쓰는 말이었다니. 그렇군… 그러면 다음은 마나미가 어떻게 자랐고 지금은 무슨 일을 하는지 알려주세요.

| 발음훈련은 어땠어? |

마 › 고등학교까지는 계속 농학교를 다녔어. 데이쿄대학 교육학과를 졸업한 다음에는 인쇄 일을 아르바이트로 하면서 사진전문학교 야간반에서 배웠고. 지금은 하루미치의 여동생이랑 에스닉한 리사이클 숍을 하고 있습니다.

하 › 몇 살쯤에 농인인 걸 알았어?

마 › 부모님이 일찌감치 우리가 농인이니까 얘도 듣지 못할 가능성이 있다고 생각했대. 그래서 생후 3개월에 청력검사를 받고 농인 진단을 받았다고 해. 그 뒤에 바로 도쿄도립 오쓰카농학교 유아반에 다니기 시작했어. 두 살 반쯤에 이사를 해서 도쿄도립 스기나미농학교로 전학 갔고, 유치반도 거기로 다녔어.

하 › 나는 보육원하고 '듣기와 말하기 교실'을 다녔어. 보육원에 대한 기억은 없는데 애들이랑 놀지 않고 계속 그림책만 봤대. 어머니는 아직 갓난아이였던 여동생을 안고 자전거로 편도 30분은 걸리는 곳에 매일같이 나를 데리고 다녔대…. 이쓰키가 태어나고 돌이켜보니 어머니가 대단했다는 생각밖에 안들어. 아버지는 '남자는 바깥일, 여자는 집안일'이라는 사고방식을 지닌 사람이라 전혀 도와주지 않았어. 그나마 할아버지할머니가 많이 도와주신 것 같아.

마 › 응… 아이가 태어나고 새삼 깨닫는 일이 참 많아. 우리 어머니도 일주일에 서너 번은 두 살짜리 애를 데리고 만원 전철에서 부대끼며 40분 걸리는 곳을 다녔어. 나보다 세 살 어린남동생도 농인이라 내가 초등학교 1학년 때 남동생도 유치반에 들어갔어. 그러니까 어머니는 거의 8년 동안 농학교에 애들을 데려다준 거야. 어린애 둘을 데리고 만원 전철이라니…말도 안 돼. 아니, 말도 안 되는 걸 해내서 지금의 내가 있는셈이지만… 정말 감사할 따름이야.

하 › 나도 동감해. 그런데 농학교의 유치반에서는 어떤 걸 해?나는 전혀 모르거든.

마 > 유치반 생활은 꼭 인사부터 시작했어. 왠지 그건 분명히 기억나. 그 외에는 게임을 하거나, 선생님이랑 박자에 맞춰서 춤추거나, 과자를 만들기도 했어. 애들 모두의 엄마가 계속 함께 있어서 '다른 집은 형제가 몇일까, 부모님은 무슨 일을 하실까?' 하고 가끔 생각했어.

하 > 발음훈련은 어땠어? 나는 진짜 싫었어. 지금도 사무친 원한이…. 선생님이 무척 엄한 분이었는데 무엇보다 깨끗한 발음을 우선해서 내 인격조차 부정하면서 가르치는 느낌이었어. 실제로는 어땠을지 모르고, 내 개인적인 인상일 뿐이지만. 그 선생님한테 배운 아이들은 발음이 깨끗하다고 평판이 좋았나봐. 내가 내 기분보다 발음만 신경 썼던 건 그 교실의 영향이 클 거야. 그래서 어릴 적 기억이 거의 없어.

마 > 음, 내가 기억하는 건… 발음훈련을 세 살부터 받았는데, 그맘때 애들이 얌전히 앉아 있을 리 없잖아? 그래서 엄마들이 애들을 필사적으로 앉히려 했던 게 기억나. 애를 의자에 억지로 앉히고 양팔을 뒤로 돌려서 엄마가 붙잡는 경우도 드물지 않았어. 잘게 자른 색종이, 빨대랑 물, 과자랑 사탕 같은 걸 써서 놀이처럼 발음훈련을 했어.

하 > 아, 나도 어렴풋이 기억나! 그런 도구도 썼지.

마 › 똑같은 데프 패밀리라도 아이가 부모랑 다르길 원해서 "애를 엄격하게 가르쳐주세요." 하는 부모들도 있지만, 우리 부모님은 발음훈련에 별로 엄하지 않았어. 발음훈련 자체도 담임 선생님이 좋은 분이라 노는 것처럼 즐거웠어.

하 › 오오, 놀이 같았다니. 나는 매일 매 순간 소리를 제대로 듣는지 시험을 보는 것 같았어. 그런 점은 나랑 전혀 달랐네.

마 › 그런데 가끔 오는 젊은 여자 선생님은 너무 싫었어. '카'를 제대로 내지 못한다고 선생님이 내 목을 때리는 바람에 기침을 심하게 했더니, 그 소리가 '카'라고 한 적도 있어. 그 일이 잊히지 않아. 과자를 혀 위에 두고 '타'를 내는 연습을 하다 토한 친구도 있었고. '파'는 손바닥에 올린 색종이 조각을 멀리 날리면서 연습했는데, 그건 꽤 재밌었어.

하 › 아, 그거! 나도 파열음 연습은 좀 즐거웠어! 아, 조금씩 기억의 문이 열리는 거 같아…. 나는 아무리 해도 '사' 소리를 못 냈어. 혹독하게 연습해서 지금은 그럭저럭 깔끔하게 발음하는 모양인데 그래도 자신감은 전혀 없어. 지금도 '사시스세소'를 발음할 때는 맘속에 저항감이 엄청나. 무의식중에 '스미마센すみません'보다 '고멘ごめん'이라고 할 정도야.

마 › 맞아, 소리 내기 어려워서 지금도 너무 싫은 발음이 있어.

나는 '야유요ゃゅょ'가 도저히 안 돼. 내 발음은 별로 좋아지지 않았어. 집에 돌아가면 수어만으로 대화할 수 있었으니까. 부모님이 청인인 아이들은 집에 가서도 계속 발음훈련을 하듯이 소통한 것 같았어. 하루미치도 그랬겠구나. 그 덕인지 금방 발음을 잘하는 애도 있었어. 학년이 올라갈수록 발음훈련 시간이 줄어들긴 했는데, 초등학교 6학년 때까지는 했던 거 같아.

| 초등학교 입학 전부터 통역하다 |

하 › 마나미네 가족은 부모님이랑 남동생까지 모두 듣지 못하는 데프 패밀리잖아. 우리 집은 부모님이랑 장녀가 청인에 나랑 차녀는 농인이고. 좀 막연한 질문이지만, 데프 패밀리란 어떤 느낌이야?

마 › 진짜 막연한데. 나한테는 평범한 가족이니까, 음….

하 › 그러면… 마나미네 친가랑 외가를 다 가보긴 했는데, 조부모님들은 모두 청인이시잖아. 마나미네 부모님은 어떤 환경에서 수어를 익히신 거야?

• 　뉘앙스 차이는 있으나 '스미마센'과 '고멘' 모두 미안하다는 뜻을 지닌 말이다.

마 › 농학교에서 수어를 배웠다고 했어. 가고시마랑 나가사키에 있는 농학교.

하 › 부모님이 어렸을 적에는 농학교에서 수어를 쓰는 게 금지되지 않았었나? (1880년 이탈리아 밀라노에서 국제농교육자대회가 열렸는데, '수화법보다 구화법이 우월하다'는 결론이 났다.[*] 그 결과 세계 각국의 농학교에서는 수화법을 금지하고 구화법을 교육하기 시작했다. 일본에서는 1933년 정부가 구화법을 장려했으나 2011년 7월 29일에 장애인 기본법이 일부 개정되며 수어도 언어라고 명기되었다.[**]—지은이 주)

마 › 수업 중에만 금지였대. 쉬는 시간에는 괜찮았고. 기숙사로 돌아가면 다 같이 수어로 수다를 떠는 게 그렇게 재밌었대.

하 › 그렇군. 그러면 힘들었던 걸 말씀하신 적도 있었어?

마 › 부모님은 조사, 접속사, 그리고 청인 문화 특유의 에두르는 화법을 힘들어하셔. 매일은 아니었지만, 나는 초등학교에

---

[*] 수화법은 체계적인 수어를 이용해 몸짓과 손짓으로 소통하는 방법이며, 구화법은 말하는 상대의 입 모양을 보며 뜻을 알아듣고 자신 역시 소리 내어 소통하는 방법이다. 19세기에는 구화법과 수화법을 둘러싼 논쟁이 치열했는데, 밀라노의 국제농교육자대회에서 표결 끝에 구화법이 우위에 서게 되었다.

[**] 한국에서는 2016년 8월 4일 시행된 '한국수화언어법'에 "한국수화언어가 국어와 동등한 자격을 지닌 농인의 고유한 언어"라고 명기되었다.

입학하기 전부터 관공서 서류나 학교 통지문이나 청인 친구가 보낸 팩스 같은 걸 읽고 무슨 내용인지 부모님한테 수어로 통역해드렸어.

하 › 뭐? 그렇게 어릴 때부터? 한자나 말뜻 같은 걸 알았어?

마 › 제대로 통역했는지는 잘 모르겠어. 그때는 모르는 단어가 있으면 앞뒤 단어의 흐름이나 한자의 분위기를 보고 상상하면서 통역했어. 친구네 엄마한테 물어보기도 했고.

하 › 대단한데!

마 › 초등학교 고학년이 되고는 지긋지긋해서 더 이상 통역하지 않았어. 얼마 전에 그때 일을 물어봤는데 "말을 기억하게 하려고 일부러 부탁했다."고 하시더라. 뭐, 납득이 되기는 하는데… 그래도 병원에서 나눈 말까지 통역했어야 했는지는 모르겠어. 의사가 적어준 필담 내용을 수어로 엄마한테 전해준 적도 있거든.

하 › 흠… 마나미의 첫 번째 언어는 수어가 맞지? 나는 당연하지만 음성언어야. 청인 문화에서 자랐으니까. 고등학교에서 만난 수어는 두 번째 언어가 되었고.

마 › 맞아. 나는 반대로 첫 번째 언어가 일본수어, 두 번째 언어가 일본어야. 나에게 일본어란 음성이 아닌 문자로서의 언어.

하 › 흠.

마 › 사실은 집에서 독립하기 전까지 마음 한편으로 부모님을 우습게 봤어. 제대로 읽고 쓰지 못한다는 이유로. 그런데 스물네 살에 혼자 살기 시작하고 하루미치하고도 함께하면서 이사든 관공서 신고든 이런저런 절차가 있는 걸 알게 되었어. 그저 '생활'을 하는데도 해야 할 일이 많더라고. 그제야 부모님의 '생활력'이 대단하다는 걸 깨달았어. 어릴 적부터 "모르는 일이 있으면 꼭 누군가에게 물어라."라고 배웠는데, 그 가르침만으로도 가장 소중한 걸 물려받은 것 같아. 이쓰키가 태어난 뒤로 점점 부모님을 존경하게 되었어.

| 말이란 주고받는 공 같아 |

하 › 농학교에 입학하고 처음에는 수지일본어를 익혔지만, 내가 다닌 농학교에는 마나미를 비롯해서 일본수어로 말하는 사람이 많았어. 나는 처음 봤을 때 내용은 이해하지 못해도 한눈에 반할 만큼 매력적이라고 생각했어. (일본의 수어는 크게 두 갈래로 나눌 수 있다. 많은 농인들에게 모어인 '일본수어'는 음성언어와 다른 독자적인 체계를 갖춘 언어다. 손, 손가

락, 팔의 움직임뿐 아니라 얼굴의 각종 부위—시선, 눈썹, 볼, 입, 혀, 고개 각도와 방향, 턱을 내미는 정도 등—가 중요한 문법 요소로 작용한다. 그에 비해 수지일본어는 음성언어의 문법과 어순을 그대로 수어 단어로 옮겨 시각적으로 표현한 것이다. 그 때문에 수지일본어는 사고나 병으로 청력이 손상된 사람 등 음성언어 문법을 익힌 사람이 배우기 쉽다.—지은이 주)*

마 > …나는 사실, 반대로 수지일본어가 예쁘다고 생각해.

하 > 어? 그랬어?

마 > 혹시 몰라서 미리 말해두지만 무표정으로 말하는 수지일본어는 외려 기분 나쁘고 무슨 뜻인지도 알기 어려워. 하지만 표정을 절묘하게 덧붙여서 아주 깔끔하게 이야기하는 사람도 있어. 그런 사람을 볼 때면 훌륭한 책을 읽는 듯해서 기분이 좋아.

하 > 오오! 그 감각 나도 뭔지 알겠어. 그런데 나는 모어가 음성언어라서 대놓고 그렇게 말하기는 조금 어려워. 왠지 모르

---

* 마찬가지로 한국에도 '한국수어'와 '수지한국어'가 있다. 한국수어와 일본수어처럼 언어로서 고유의 문법이 있어 아기가 자연스레 익힐 수 있는 수어를 영어로는 'sign language'라고 한다. 한편 수지한국어와 수지일본어처럼 음성언어(한국어, 일본어)의 문법과 어순에 맞춰 수어 단어를 배치하는 소통 방식을 영어로는 'signed Korean' 또는 'signed Japanese'하고 하며, 한국에서는 '한국어대응수어', '문법식 수화', '국어식 수어', '청인식 수어', '아식 수어' 등으로 부르기도 한다.

지만 수지일본어를 폄하하면서 일본수어가 대단하다고 치켜세우는 경향이 있잖아. 일본수어가 지금까지 억압당하고 오해를 받은 역사를 생각하면 그럴 만하다고 생각해. 하지만 "수지일본어로 말하네? 아, 청인이구나. 뭐, 농인이라고? 거짓말!" 하는 말을 여러 번 들었어. 말하는 방법만으로 청인인지 농인인지 구별당하면 창피하기도 하고 화나기도 해… 그러다 보니까 나도 일본수어를 써야 한다고 생각하기 시작했어. 암튼 그렇구나… 수지일본어를 좋게 생각해도 되는구나.

마 › 수어는 표현을 조금 잘못해도 분위기로 전달되곤 하잖아. 눈썹, 시선, 입, 혀, 고개의 방향, 뺨, 턱을 쓰는 법 등에도 의미가 담기니까. 그런 신호의 의미를 읽어내면 무슨 말을 하는지 알 수 있어. 그에 비해 음성언어는 조사를 살짝 바꾸기만 해도 의미가 훨씬 잘 통하거나 불쾌한 말이 되는데, 그런 사소한 차이로 변하는 게 신기하고 재미있어.

하 › 그렇구나. 나는 수어를 익히면서 신체의 여러 부위에 전부 의미가 담긴다는 게 재미있었어. 워낙 직설적인 표현이 많으니까 잘 모를 때는 예의 없는 언어라고 생각했는데, 실은 표정과 몸에 담긴 의미를 내가 하나도 읽어내지 못했을 뿐이었어. 사진 찍는 사람으로서 이런 깨달음은 정말 소중해.

마 > 나는 일본수어도 수지일본어도 모두 좋아해. 상대랑 통하기만 하면 뭐든 좋아. 여태까지 억눌렸던 농문화가 바깥세상으로 드러나기 시작한 건 기뻐. 필사적으로 일본수어를 사수하려 한 분들 덕분이겠지. 그래도 수지일본어를 전부 부정하는 건 아닌 것 같아. 사람마다 가장 이해하기 쉬운 언어는 다를 수밖에 없으니까… 어쩌면 내가 수어라는 말을 뼛속까지 부정당한 경험이 없기 때문에 순진하게 말하는지도 몰라.

하 > 말이란 타인을 좌지우지하기 위한 무기가 아니잖아. 기분을 섬세하게 나누기 위한 공 같은 걸 텐데. 서로 마음을 잘 주고받을 수 있는 공을 찾으면 되지 않을까.

마 > 맞아! 잘 마무리했네!

마&하 > 오오! (하이파이브)

마 > 아, 그동안 마음이 개운하지 않았는데 처음 말로 표현한 것 같아. 커피 마시자.

| 보청기에서는 구린내가 나 |

하 > 고마워. 그럼 다음 질문, 가장 오래전 기억은 뭐야?

마 > 아마 두 살 생일 파티 같은데. 케이크 위에 올라간 딸기를 보고 수어로 "딸기!" 하니까 아빠가 기뻐하면서 "그래, 딸기!"
했던 게 선명히 기억나.

하 › 두 살. 마침 지금 이쓰키가 그 정도네. 나는 열여섯 살쯤
에야 기억이라는 개념에 눈뜨기 시작해서 어릴 적 기억은 남
아 있지 않아. 요즘 이쓰키는 정말 많은 걸 또렷이 보고 그걸
수어로 말하기 시작하잖아. 한 살에 겪었던 일인데 수어로 재
현하기도 하고. 아기인데도 정말 잘 기억하는구나 감탄했어.

마 › 요즘 이쓰키는 진짜 대단해. 예전 일을 말할 때면 그 당시
공간을 그대로 묘사하잖아. 우유를 마셨던 얘기를 하는데도
"테이블은 저기, 컵은 그 위." 하면서 영상을 재생하듯이 말해.
그때 느낌도 얼굴로 제대로 표현하고. 아이 앞에서 섣부르게
행동하면 안 될 거 같아.

하 › 마나미네 어머님도 깜짝 놀라셨잖아. 이쓰키가 수어를 엄
청 빨리 익힌다고.

마 › 맞아, 그랬어. "마나미도 빠르다고 생각했는데 이쓰키가
훨씬 빨라. 시각이랑 청각 양쪽으로 많은 정보를 흡수하기 때
문일까?"라고 엄마가 말했어.

하 › 마나미는 언제 처음 말했어?

마 › 애매모호한 신호가 아니라 분명하게 수어를 쓴 건 한 살

반. '끝'이라는 수어였어.

하 > 그렇군. 나는… 두 살이 되어도 말을 안 해서 주위에서 어머니한테 병원에 가보라고 했대. 그래서 내가 듣지 못하는 걸 알았고. 두 살에 처음 보청기를 끼고 발음훈련을 시작했어. 그때까지는 덤프트럭, 기중기, 소방차, 기관차를 봐도 "바아."라고만 했대. 보청기를 쓰고 1년 반 정도 지나서 세 살이었을 때, 고가도로를 달리는 전차를 보고 "오오라안차."라고 처음 말했나 봐. '노란 전차'였겠지.

마 > 노란 전차라.

하 > 그러고 보니 마나미는 청력이 어때? 나는 감음성 난청에 청력은 100데시벨이야. (100데시벨부터 들을 수 있다는 뜻이다. 그러니 데시벨이 낮을수록 청력이 좋은 것이다. 청력의 정상 범위는 0~25데시벨이라고 한다. 일반적으로 청력이 41데시벨 이상이면 보청기가 필요하다.—지은이 주)* 보청기를 빼면 바로 코앞에서 울리는 자동차 경적 소리가 겨우 들려.

마 > 나도 감음성 난청이기는 한데 청력은 잘 몰라. 청력이 거의 없는 건 확실해. 어릴 때 받은 청력검사는 60~130데시벨

---

* 한국에서는 양쪽 귀의 청력이 각각 60데시벨 이상, 또는 한쪽 귀가 80데시벨 이상에 다른 귀가 40데시벨 이상이면 청각장애 경증에 속한다.

을 왔다 갔다 했어. 유아반 시절에는 검사에 무슨 의미가 있는지 하나도 몰라서 게임을 하듯이 감으로 버튼을 눌렀거든. 그래서 60데시벨이 나왔을 때는 "아싸!" 하고 좋아했어. 초등학교에 들어가서야 검사의 의미를 알게 되어서 진짜로 헤드폰에서 소리가 들렸을 때만 버튼을 눌렀어. 대충 110~130데시벨이 나오더라고. 소리가 귀에 닿으면 둔탁한 종소리가 계속 머릿속을 맴도는 것 같았어. 음악실에 있었던 커다란 스피커를 최대 음량으로 올리고 귀를 대봤는데 아주 잠깐 삐삐하고, 고막이 가렵고 아팠어.

하 › 아, 그건 나랑 전혀 다르네. 나 같았으면 너무 시끄러워서 귀를 뗐을 거야.

마 › 나는 보청기를 해도 별 소용이 없으니까 귀찮기만 했어. 어릴 적에 썼던 보청기는 커다란 게 꼭 브래지어 같아서 싫었고. 속옷을 왜 밖으로 꺼내는지 이해되지 않았거든.

하 › 아, 그거! 나도 다섯 살까지는 썼는데 좀 부끄러웠어. 아아, 점점 기억의 문이 열리네… 그래도 귓속으로 쏙 들어가는 이어몰드형 보청기는 멋있어 보였어.

마 › 이어몰드형 보청기도 무겁고 땀 때문에 구린내가 나는 건 똑같던데.

하 > 아, 맞아, 냄새 심하지. 귀지가 달라붙기도 하고.

마 > 멋있다고 생각하지는 않았지만, 흉하다고 생각하지도 않았어. 나하고 전혀 상관없는 물건이라서 필요 없는 걸로 여겼지.

하 > 오… 나도 어렸을 때 그렇게 생각했으면 좋았을 텐데. 멋있다는 생각의 바탕에는 청인과 비슷해져서 기쁘다는 속내가 있었으니까.

마 > 나는 맨날 보청기를 까먹고 학교에 가서 혼났잖아. 학교에서 집에도 연락한 것 같은데, 부모님은 알겠다고 답하고는 어깨를 으쓱할 뿐이었어. 보청기를 쓰라고 강요하지 않아서 부모님께 고마워.

| 멋지다, 마나미 |

하 > 마나미는 대학교에서 교육학을 전공했지. 왜 그랬어?

마 > 어렸을 때는 학교 선생님이 되는 게 꿈이었거든.

하 > 어? 그랬구나. 처음 들었어, 아니, 수어니까 처음 보았구나. 왜 선생님이 되고 싶었어?

마 > 계기라면, 농학교 선생님 중에 소통이 되지 않는 사람이 너무 많았어. 수어를 하든지 못 하든지 인간으로서 말이야. 그래서 내가 말이 통하는 선생님이 돼야겠다고 생각했고. 그런데 중학교 때부터 학교 가는 게 힘들어져서 거의 매일 지각했어. 그때 친했던 선생님이 웃으면서 역대 최고 지각 기록이라고 했을 정도야. 고등학교는 아예 거의 결석했고. 암튼 대학교 3학년 때 실습 때문에 농학교에 가봤는데 학교 내에 자잘하고 자잘한 절차가 잔뜩 있더라고. '아, 나는 선생은커녕 학교에 어울리지 않아.'라고 직감하고 바로 관뒀어.

하 › 직감은 무척 중요하니까.

마 › 하루미치는 어렸을 때 꿈이 뭐였어?

하 › 그게 없었어. 아무것도. 꿈이 없다고 하면 외려 눈에 띌 것 같아서 주위에서 많이들 말하는 무난한 꿈을 나도 따라 했어. 축구 선수나 야구 선수라고. 축구도 야구도 싫어했는데 말이지. 그때는 매일매일… 지금 생각하면 쓸데없는 대화인데도 청인처럼 어울리려고 필사적이었어. 그래서 어른이 되면 무얼 할까 상상할 만한 여유는 도저히 없었지. 힘내서 학교에 다녔지만 마음은 완전히 은둔형 외톨이였어.

마 › 하… 듣기만 해도 답답하다.

하 › 그래서 정말로 농학교가 내 목숨을 구해주었다고 생각해. 그러고 보니 우리가 처음 만난 곳도 농학교였지. 내가 고등학교 3학년일 때 마나미가 입학해서. 그때 마나미는 계속 결석하는 걸로 유명했어.

마 › 분명한 이유는 없었는데, 막연하게 학교에 간들 무슨 소용인가 싶었어. 목표라든가 학교의 의미를 찾지 못해서 안 갔지. 사실 학교에 안 갔을 뿐이고, 프리 스쿨free school*에 가거나 해외를 들락날락했어.

하 › 그래도 무사히 농학교를 졸업했잖아? 왜 학교에 출석하기 시작했어? 3년 중 1년은 거의 통째로 결석이라 제적되기 직전이었잖아.

마 › 친구들이 좋았기 때문인 것 같은데. 학교 자체가 싫었던 건 아니라 다녀야 하는 의미를 몰랐을 뿐이니까. 가끔씩 등교하면 친구나 이런저런 사람들이랑 얘기하는 게 즐거웠어. 그러다 보니 어느새 '아, 친구들이랑 같이 졸업하고 싶다.'라고 생각했고. 그렇게 다시 등교했어. 선생님들이 도와줘서, 진짜 엄청 도와줘서 대학에도 붙었고.

하 › 대단했어. 학교에 얼굴도 안 비쳤는데 어느새 매일 오더

---

* 프리 스쿨은 지역에 따라 의미가 조금씩 다른데, 저소득층을 위해 무상교육을 하는 학교나 대안학교 등을 뜻한다. 일본에서 프리 스쿨이란 주로 등교를 거부하는 아이들을 위해 운영되는 교육 시설을 말한다.

니 늦게까지 남아서 보충수업을 받았으니까. 대입까지 척척 풀릴 줄이야. 졸업식 때 졸업생 인사도 맡았고. 그 인사 진짜 좋았어. 아직도 생생히 기억해. 전교생 서른일곱 명의 이름을 일일이 부른 다음에 "고마워."라면서 마무리했잖아. 엄청 감동적이었어. 그땐 우리가 이미 사귀고 있었던가? 음… 사귀고 있었구나. 나까지 자랑스러웠어.

마 › 아, 그랬어? 에헴!

하 › 후후, 다시 얘기해봐도 재미있네. 그럼 다음 질문은 시간을 많이 건너뛰어서. 이쓰키를 낳았을 때는 어땠어?

마 › 음… '기분 좋아! 속 시원해! 이제는 알아서 잘해봐!' 이런 느낌이었어. 아직 탯줄로 연결된 이쓰키랑 눈이 마주쳤을 때는 '넌 자유야!'라고 생각했고. 전쟁을 치른 것 같았지. 내 배 속에 있을 때는 인간이라는 실감이 없었어. 우주인이 아닐까 생각하기도 했는데, 젖을 쭉쭉 빠는 이쓰키를 보고 '아아, 정말 나랑 같은 인간이 나왔구나.' 생각했어.

하 › 몇 번이나 들은 얘기지만 역시 멋지다. 음… 얼추 다 물어본 거 같아. 아, 진짜 재미있었어. 오랫동안 질문에 답해줘서 고맙습니다.

마 › 네, 저야말로 들어줘서 고마워요.

2016. 05

7

전화를 걸자

———————— 。

2010년 처음 손에 넣은 이래, 아이폰에 정말 많은 도움을 받고 있다. 메모장, 카메라, 일기예보, 지도, 메일, 메신저, 영화, 전자책, 쇼핑, 전철 환승 등은 물론이고, 촬영을 위해 태양 궤도를 알아보거나, 문자음성 자동변환 앱으로 눈이 보이지 않는 친구와 대화하거나, 멀리 떨어진 사람과 영상통화를 하며 필담을 나누기도 한다.

아이폰 화면에 앱이 너무 많으면 산만하기 때문에 조금이라도 쓰지 않는 앱은 바로 지운다. 그렇게 바탕화면이 깔끔해지도록 정리하는 것이 내 소소한 취미다.

그런데 기본기능으로 설치되어 지울 수 없는 앱이 몇 가지 있다. '주식' '게임센터' '리마인더' '뮤직' 등인데, 나는 '쓰지 않음'이라는 폴더를 따로 만들어서 한데 모아둔다. 그 폴더에서 나와 가장 상관없는 앱이 '전화'다.

　　　　○　○　○

　초등학생 때, 우리 집에는 다이얼식 검정 전화기가 있었다.

　검정 전화기의 벨소리는 낮게 울려서 의외로 잘 들렸다. 나에게 저음은 고음에 비해 알기 쉬운 소리다. 거기에 수화기를 만지면 지르르르 하는 진동이 느껴졌는데 왠지 기분 좋았다. 벨소리도 싫지 않았다.

　수화기를 들고 귀에 대면 소리가 들렸다. 수화기를 통해 듣는 소리를 시각적으로 비유하면 모서리가 각진 사각형이라 좀 험악한 느낌이었다. 잠시 참고 귀를 기울여보면 각진 목소리가 특정한 리듬으로 그렁그렁 울리는 걸 알 수 있었다. 수화기 너머에 누군가 있었고, 말을 했다. 그건 어떻게든 알 수 있었다. 하지만 그뿐이었다.

　그렁그렁 울리는 이 소리는 무얼 말하는 걸까? 누군가가 무언가를 말하고 있었다. 그 사실은 확실한데, 살아 있는 목소리로 알아듣지 못하는 게 분했다.

　몸을 움찔하는 등 사소한 움직임도 정보로 읽어내며 대화하는 데 조금씩 익숙해지던 무렵이었다. 그러나 전화에는 당연히 그런 단서가 없었다.

　통화를 할 때 나에게 들어오는 거라곤 검정 전화기와 나선

형 전화선, 전화번호가 쓰인 메모지, 반짝이는 벽지에 고정된 전화번호부밖에 없었다. 상대방의 말을 추측하기 위해 필요한 단서는 전혀 없었다.

다만 어머니의 목소리는 왠지 전화로도 알아들었다. 어머니는 발음훈련의 일환으로 입을 가리고 말하며 내게 소리만 듣고 내용을 맞추라고 하곤 했는데, 아마 그걸 반복한 덕에 어머니의 목소리에 인이 박인 듯했다. 그래서 어머니와는 간신히 통화할 수 있었다. 통화 내용은 "일, 끝났어. 금방, 갈게." 또는 "장 보고, 갈게."처럼 간단했던 것으로 기억한다.

어머니 외에는, 예컨대 아버지, 여동생, 할아버지, 할머니와의 통화는 아무리 천천히 말해줘도 알아듣지 못했다. 오히려 천천히 말할수록 말들이 끊어져서 더 알아듣기 어려웠다. 게다가 보청기와 전화기의 상성이 나쁜지, 통화를 하다 보면 냄비 수십 개가 한꺼번에 떨어지는 듯한 커다란 소리가 불규칙적으로 울렸다. 그 소리가 울릴 때마다 심장이 오그라드는 듯했다.

가족조차 그러니 타인과 제대로 통화하기란 불가능했다. 하지만 나는 그 사실을 인정하기 싫었다. 그렇게 열심히 훈련을 했으니 평범하게 듣는 사람들처럼 할 수 있을 것이라고 자신했다.

○ ○ ○

초등학교 3학년 때였을까. 그때껏 공중전화는 초록색 아니면 빨간색이었는데, 여기저기서 회색 공중전화가 눈에 띄기 시작했다. 디지털 공중전화였는데, 음량을 조절할 수 있었다. 음량을 최대한 키우면 초록색 공중전화와 비교할 수 없을 정도로 소리가 선명히 들렸다. 그렇다 해도 타인과 대화할 수는 없었다. 하지만 친한 친구나 가족이라면 대화할 수 있지 않을까 희망을 품을 만큼 선명한 음질이었다.

친구들과 자주 놀던 공원 한편에 그 회색 공중전화가 설치되었다.

저물녘에 함께 놀던 친구들과 작별인사를 하면서 나는 공중전화 박스로 들어갔다. 유리 너머에서 놀라는 친구들의 얼굴을 보고 내심 뿌듯하면서도 태연한 척하며 동전을 전화기에 넣었다. 디지털 공중전화기의 연결음은 조금 새된 소리였다. 검정 전화기와 비교하면 손에 진동이 거의 전해지지 않아서 조금 아쉬웠다.

보청기를 낀 채로 통화하면 보청기와 수화기가 슥삭슥삭 마찰하며 나는 잡음까지 들린다. 그래서 통화할 때는 언제나 보청기를 뺐다. 헐벗은 귀를 수화기에 대보면 어찌나 딱 들어맞는지 사람의 귀 모양을 따라 만든 물건이라는 걸 곧장 몸으로 알 수 있었다. 서늘하게 귀가 차가워지는 것도 좋았다.

뚜르르르르. 뚜르르르르. 뚜르르르르.

"여보세요."

"나야."

"왜?"

"이제 집에 가."

"조심해서 와."

"오늘 밥은 뭐야?"

"크로켓이야. 슈퍼에서 소스 사 와."

"알았어."

"오빠, 텔레비전에서 재밌는 거 해."

"진짜? 그럼 빨리 갈게!"

때로는 아버지가 전화를 받는다.

뚜르르르르. 뚜르르르르. 뚜르르르르.

"여보세요… 그래, 무슨 일이니?"

"이제 들어가."

"그래, 어두워지니까 얼른 와라."

"배고파."

"오늘 저녁은 외식이다. 고기 구우러 가자."

"신난다! 금방 갈게."

때로는 친구네 집에도 전화를 건다.

뚜르르르르. 뚜르르르르. 뚜르르르르.

"여보세요. 저 하루미치인데요."

"그래, 안녕."

"○○, 집에 있어요?"

"응, 있어. 잠깐만."

"여보세요?"

"…○○! 오늘 고마워. 약속했던 게임은 내일 가져갈게."

"고마워. 그 게임 재밌을 거 같아."

"진짜 재밌어. 같이 하자. 그럼 내일 봐."

"응, 내일 봐. 안녕."

○　○　○

사실, 전화로 이런 대화를 한 적은 없다.

유리 너머에서 나를 보는 친구들에게 뽐내려고 전화하는 척을 했던 것이다.

전화를 마치면 조금 난폭하게 수화기를 올려놓았다. 그러면 전화에 익숙한 사람처럼 보여서 멋질 듯했다. 선글라스를 쓰고 허세 부리는 사람과 비슷했을지도 모르겠다. 일부러 누군가 보는 곳에서 전화하는 척을 한 것도 내가 듣는 사람들 중 하나가 된 듯해 뿌듯했기 때문이다.

처음 친구들 앞에서 전화를 걸었을 때, 누군가 "전화할 수 있어? 대단하다."라고 했던 걸 또렷이 기억한다.

사람이 많이 다니는 번화가에서도 전화를 걸었다.

내가 좋아하는 과자를 사야 했기에 동전은 하나라도 아껴야 했다. 그래서 번화가에서는 동전도 넣는 시늉만 했다. 집 전화번호도 열 자리 중 여섯 자리밖에 외우지 못했기 때문에 대충 누르기만 했다. 물론 전화가 익숙한 사람처럼 했다. 나중에 책가방에 집 전화번호가 쓰인 걸 깨닫고 그 번호를 보며 거는 척했다. 집 전화번호도 까먹은 덜렁이를 연기하면서.

전화를 걸지 않았기 때문에 뚜, 뚜, 뚜, 하는 소리만 났을 것이다. 이유는 모르지만 그 소리가 잘 들리지 않아 전화 놀이에 집중할 수 있었다.

걸어가던 사람이 나를 힐끔 곁눈질하면 옳다구나 싶어 기뻤다.

통화 내용이 전부 지어낸 것은 아니었다. 일상생활에서 짧게 단편적으로 나누었다 해도 바탕이 된 대화가 있었다.

인상적인 대화였기 때문에 바탕으로 삼은 것은 아니다. 그보다는 상대가 무슨 말인지 되묻지 않고 내가 매우 평범하게 '듣는 사람'처럼 발음할 수 있었던 매끄러운 대화인지가 중요했다. 그처럼 막힘없이 대화를 하면 겉으로는 무덤덤한 표정을 지었지만 전율이 일어날 정도로 마음속에는 기쁨이 가득 찼다.

몇 차례 경험하지 못한 '매끄러운 대화'에 의지하여 평소에 바라고 그렸던 이상적인 대화를 전화 놀이로 재현했다. 이상이라기보다 망상이나 마찬가지였다.

망상전화를 몇 번이나 했더라. 어떤 내용이었더라. 이제는 흐릿한 기억밖에 남아 있지 않다. 다만 식사와 관련한 내용이 많았던 것 같다.

식사란 미각에 담긴 메시지를 주고받는 행위이기도 했다. 냄새와 온기가 뚜렷한 식사는 무척 구체적인데, 그 구체성이 내게는 고마운 것이었다. 같이 밥을 먹고 같이 배가 부른 행위에 담긴 메시지는 굳이 언어로 표현하지 않아도 '맛있다'라는 한 점으로 통했다. 그 때문에 식사와 관련한 대화에는 생생한 실감이 있었고, 그래서 나도 분명히 기억한 것 같다.

한 달 정도 지나자 내가 전화하는 게 대수롭지 않게 되어 친구들도 더 이상 놀라지 않았다. (이제 와 돌이켜 생각하면 실은 전화하지 못한다는 게 빤히 보였을 테지만 아무도 지적하지 않았다. 따뜻한 배려였다.)

마침 그 무렵에 검정 전화기 대신 팩스를 집에 들였다. 그림과 글자로 소통할 수 있다는 걸 알고 많이 기뻐했다. 팩스에 푹 빠지면서 자연스레 전화 놀이도 하지 않게 되었다.

○ ○ ○

휴대전화로 짧은 메시지를 보낼 수 있게 된 것은 고등학교 1학년 때였다.

당시에 전화기 자체는 무료였기 때문에 휴대전화를 갖기가 생각보다 쉬웠다. 그 대신 기본료가 비싸거나 200자 메시지 한 통에 3엔이나 해서 요금이 많이 나와 고민스러웠다. 더구나 메시지를 100통밖에 저장할 수 없는 등 지금 보면 기능이 매우 떨어졌다.

그렇지만 농학교에 진학하고 급격하게 교우관계가 넓어지던 당시의 내게 언제 어디서든 손쉽게 말을 전할 수 있는 휴대전화 메시지는 큰 충격을 주었다.

이동통신사들이 서로 경쟁하면서 메시지 서비스는 눈부시게 진보했다. 반년마다 새로운 서비스가 출시되었던 것 같다. 휴대전화에 카메라가 달리며 사진 전송도 가능해졌고, 그림문자가 애니메이션처럼 움직이기 시작했으며, 메시지를 1,000통 저장할 수 있게 되었다.

그중에서도 고등학교 3학년 때 시작된 장문 메시지 서비스는 특히 반가웠다. 8~10엔이면 1,000자 정도를 보낼 수 있었는데, 글자 수 제한까지 아슬아슬하게 채운 긴 메시지를 하루에 몇 통씩 보내곤 했다. 뭐 그렇게 쓸 말이 많았을까….

그 어떤 오락보다 메시지를 주고받는 게 즐거웠다.

고깃집에서 설거지 아르바이트를 하며 번 돈은 대부분 통신비로 나갔다. 방수가 되는 휴대전화를 욕조까지 가져갔고, 잠들기 직전까지 들여다보다가 일어나면 휴대전화부터 찾았다. 새로운 서비스가 나오고 신기능을 갖춘 기종이 출시될 때마다 확인해두었다가 1년에 한 번은 전화기를 바꾸었다. 그야말로 24시간 휴대전화를 손에서 놓지 않는 골수 사용자였다.

메시지를 주고받는 게 재미있어 휴대전화를 놓지 않다 보니, 눈앞에 상대방이 있는데도 휴대전화 메시지로 답하는 지경이 되어버렸다. 골수 사용자는 고사하고 폐인이었다.

"내가 여기 있는데 왜 맨날 전화기만 보는 거야? 날 좀 봐."

온당히 화를 낸 사람도 있었다. 바로 마나미다. 마나미 덕에 내가 휴대전화에 심각하게 의존하고 있다는 걸 깨달았다.

그 일을 계기로 휴대전화에 불태우던 지나친 열정이 차츰 사그라졌다. 지금은 그다지 연연하지 않아 메시지만 주고받을 수 있으면 충분하다고 생각한다. 아이폰을 처음 만났을 때는 살짝 빠져들었지만.

○ ○ ○

미팅이나 일이 있어 오랫동안 외출한 날에는 영상통화를 걸어서 집에 돌아간다고 알린다.

이쓰키와 오래 떨어져 있으면 시한폭탄의 타이머 같은 '이쓰키 타이머'가 내 속에서 빨갛게 점멸한다. 좀 외로워서, 아니, 많이 외로워서 위태로울 지경이다. 휴대전화 메시지로는 이쓰키 타이머를 되돌릴 수 없다. 사진으로도 역부족이다. 실제로 움직이는 이쓰키를 보고 싶단 말이다!

그런 갈망 속에서 손을 부들부들 떨며 아이폰을 켜고 낭떠러지에서 손을 뻗는 듯한 마음으로 (호들갑도!) 마나미에게 전화를 건다.

전면 카메라가 포착한 내 얼굴이 화면에 짠 나타난다. 보통 휴대전화를 내려다보기 마련이라 턱이 유독 강조되는 구도로 얼굴이 찍힌다. 화들짝 놀라서 못 봐주겠다고 허둥대면서 평소 거울로 보던 친숙한 얼굴이 나오게끔 휴대전화 각도를 조정한다. (대략 얼굴 정면에서 조금 높은 위치다.) 많이 보았던 내 얼굴이 나타나면 한숨 돌린다. 자의식 과잉이라고 생각하지만, 어떡해도 이 순간만은 익숙해지지 않는다.

뚜르르르르. 뚜르르르르. 뚜르르르르.

아이폰의 연결음이 실제로 어떤지는 모른다. 그래서 오래전 망상전화를 걸 때 여러 번 들었던 연결음이 머릿속에서 울린다.

잠깐 기다리면 이쓰키의 얼굴이 화면에 나타난다. 그때그때 심기에 따라 다르지만 무뚝뚝하거나 멍한 표정일 때가 많다. 몇 차례 이름을 부르면 그제야 나를 알아봤는지 평소처럼 내 볼을 만지려고 한다. 손은 딱딱한 화면에 부딪치고 만다.

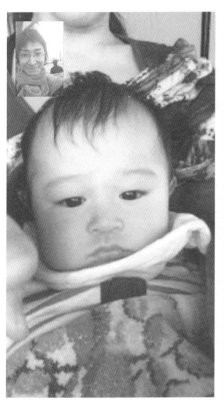

이쓰키는 신기한지 눈을 끔벅거린다.

아무리 손을 뻗어 만져보려고 해도 닿지 않는다. 그 탓에 화가 나서 몸을 이리저리 비튼다. 얼굴이 빨개져서 울음을 터뜨리려고 할 때도 있다. 이쓰키는 화면에 보이는 나를 어떻게 인식할까.

"간질, 간질, 간질, 간질! 간질, 간질, 간질, 간질!"

간지럼을 태울 때처럼 소리 내어 말하면 이쓰키는 간지럽다는 듯이 웃는다. 그 반응을 보면 목소리로도 손처럼 상대를 만질 수 있다는 것이 실감되어 기분이 좋다. 매우 좋아서 최선을 다해 웃기려고 들기도 한다.

누가 보면 웬 아저씨가 길바닥에서 휴대전화를 향해 볼을 빵빵하게 부풀리거나 입을 삐쭉 내밀면서 얼빠진 사람처럼 무언가를 중얼중얼하는 기묘한 광경일 것이다.

일단 이쓰키와 용건이 끝나면 마나미와 수어로 이야기한다.

"고생했어."

"오늘도 행복하게 일했어!"

"오오, 다행이다! 오늘 밥은 월남쌈이야. 고수도 많아."

"우아, 맛있겠다. 술 사야겠네."

"무알코올 맥주도 부탁해."

"오케이."

"집에는 언제쯤 도착해?"

"음, 한 시간 정도 걸려."

"알았어. 조심해서 와."

"응, 집에서 봐."

대서특필할 내용이라곤 전혀 없다. 그저 일상 속에서 이뤄지는 통화다.

그래서 나는 전화를 끊고 깨끗한 침묵이 이어지면 "하하." 하고 감탄한다. 망상을 품을 만큼 동경하던 통화가 어느새 당연하다는 듯이 내 손에 들어와 있었다. 그 사실이 지금도 믿기지 않는다.

어린 시절의 망상전화는 미래의 이곳을 향해 건 것이었다.

8

세
계
는
'말'
로

되
어

있
다

　　　　　　　　　　。

　　이쓰키가 생후 6개월쯤 되었을 때, 젖을 먹고 싶을 때는 어떻게 하는지 궁금해 한번 살펴봤다.

　　마나미와 이쓰키는 침실에 있었다. 마나미는 빨래를 개고 재채기를 하고 요리를 하고 만화책을 읽었다. 이쓰키는 드러누운 채로 내 친구가 선물한 고무 기린 장난감을 빙빙 돌리거나 깨물었고, 요즘 맘에 든 타월을 잘근잘근 씹었다. 둘 다 일상을 보냈다.

　　젖을 먹고 세 시간쯤 지나 슬슬 배가 고플 듯해서 나는 옆방으로 숨어들었다. 미닫이를 살짝 열고 문틈으로 이쓰키의 행동을 살폈다. 미리 마나미에게 "이쓰키가 배고픈 걸 눈치채도 잠깐만 모르는 척해줘."라고 양해를 구했다.

　　10분 정도 지났는데 갑자기 이쓰키의 얼굴이 슬픈 사람처럼 구겨졌다. 눈썹을 찡그리고 입을 벙긋벙긋 벌렸다. 예상한

대로 배가 고픈 모양이었다. 이쓰키는 누운 채로 주위를 두리 번거렸다. 그러다 바로 정수리 위에 있던 마나미의 기척을 알 아챘는지 고개를 쑥 쳐들어 몸을 뒤로 젖혔다. 정수리를 받침점 삼아 활처럼 몸이 휠 정도였다. 마침 그때 마나미는 등을 돌리고 서랍에 옷을 정리해 넣는 중이었다. 힘껏 몸을 젖힌 이쓰키는 자신을 눈치채지 못하고 이리저리 움직이는 마나미를 눈으로 쫓았다.

대단한 등 근육이라고 미닫이 너머에서 혼자 감탄했다. 입을 一자로 굳게 다문 걸 보니 소리를 내지는 않는 듯했다.

몇 분 지나서 마침내 마나미가 자기 쪽을 향하자마자 이쓰키는 폭발적으로 발을 버둥거리고, 손을 쥐었다 폈다 하고, 진지한 표정으로 입을 벙긋벙긋했다. 온몸으로 자신의 존재를 어필해서 엄마의 눈길을 끌려고 했다.

필사적인 몸짓을 더 이상 모른 척할 수 없던 마나미가 이쓰키의 눈을 마주 보자 더욱 격렬히 움직였다. 마나미가 한 손을 쥐었다 폈다 하며 "젖?"이라고 묻자* 이쓰키는 눈을 깜박깜박하더니 박수를 치듯이 두 손을 가슴 앞에서 팡팡 마주쳤다.

무사히 젖을 배불리 먹은 이쓰키는 그대로 잠들었다.

---

* '젖'을 뜻하는 수어는 '오른손을 가슴 근처에서 빠르게 두 차례 쥐었다 펴는 것' 으로 한국과 일본이 동일하다.

이튿날도 젖을 원할 때 이쓰키가 어떻게 하는지 의식하면서 살펴보았는데, 역시 눈을 마주치면 깜짝 놀랄 정도로 반응했다. 배가 너무 고프면 울음을 터뜨리기도 하지만, 대부분은 온몸을 움직여서 우리의 눈길을 끌려고 했다.

전날처럼 입은 거의 움직이지 않았고, 음성으로 주의를 끌려는 기색은 보이지 않았다. 만약 우리 중 누군가 들을 수 있다면, 이쓰키는 울음을 터뜨리거나 배고플 때의 독특한 뉘앙스가 담긴 음성으로 젖을 원했을 것이다.

그렇지만 우리는 듣지 못한다. 이쓰키는 생후 반년 만에 엄마 아빠를 부를 때 음성은 효과적이지 않다는 사실을 학습했다.

곁에 있는 사람을 쳐다보는 것부터 시작한다. 눈이 마주치는 한순간을 맹수처럼 기다리면서 자신에게 향한 눈길이 옆으로 새지 않도록 자기주장을 한다. 이쓰키가 눈을, 아니, 눈맞춤을 중시한다는 사실이 명백해졌다.

좀 감동했다.

생명에게는 자신이 어떤 환경에 놓여 있는지 경험을 통해 깨닫고, 살아남기 위해서 더 효율적인 소통법을 학습하려 하는 본능이 있었다.

생후 6개월짜리 아기도 그렇게 학습했다. 대체 무엇에서 눈을 맞추고 소통하는 방법을 배웠을까? 우리가 가르친 적은 없다. 우리가 한 것이라고 해봤자, 어떻게 해서든 이 아이를 죽이지 않겠다는 목적 아래 언제나 눈을 떼지 않고 이쓰키의 몸짓과 표정을 살펴봤던 것밖에 없다.

…아, 그거였나? 우리의 행동이 거울에 비추듯 이쓰키에게서 나타난 건가?

이쓰키는 우리 행동을 '말'이라고 본 걸까?

이런 의문을 품은 순간, 우리의 행동은 아무리 사소하더라도 전부 '말'로서 발화된다는 사실을 깨달았다.

○ ○ ○

마나미는 내 여동생 유키노와 함께 리사이클 숍을 운영하고 있다. 일의 일환으로 홀치기염색 교실도 진행한다. 천을 끈으로 단단히 묶고 몇 종류의 염료에 담그면 이런저런 무늬가 있는 세상에 하나뿐인 셔츠가 만들어진다. 한 살짜리도 자기만의 셔츠를 만들 수 있고, 수어 강습도 가능해서 인기가 많은 모양이었다. 여기저기서 수업을 의뢰해 바빠 보였다.

어느 날 저녁을 먹는데 마나미가 닭튀김을 입 안 가득 넣은 채 그날 수업에서 있었던 일을 석연치 않은 표정으로 이야기하기 시작했다.

(이어지는 대화에서 저와 마나미가 쓰는 수어 표현을 설명하겠습니다. '말'은 '오른손 집게손가락을 세우고 손가락을 입가에 댄 다음 앞뒤로 두 번 흔드는 것'입니다. '언어'는 '양손의 엄지손가락과 집게손가락을 세워서 낫표「」 모양으로 만드는 것'입니다. 이렇게 구분해서 사용하는 수어를 떠올리며 다음 대화를 읽어주시면 감사하겠습니다.)*

마 나 미 오늘 수업은 아동시설에서 했는데, 영 맘에 걸리는 일이 있었어.

스태프는 나를 포함해서 네 명이었고, 다섯 살쯤 되는 아이들 열다섯 명 정도가 배웠어. 스태프들이 아이들 한 명 한 명한테 붙어서 천에 끈을 묶거나 염료에 담그는 걸 도와주면서 수업이 진행돼.

그런데 오늘은 자폐증에 걸린 아이가 있었더라고. 나중에 그 사실을 알려준 선생님 말로는 꽤 중증이래. 성격 급하고 산만

---

* 저자는 말, 언어 등을 뜻하는 일본어 '고토바'의 히라가나 표기 'ことば'와 한자 표기 '言葉'를 서로 다른 단어로 구분해서 사용한다. 이 책에서 'ことば'는 '말'로, '言葉'는 '언어'로 옮겼다. (참고로 이 문장에 언급된 '말'과 '언어'의 수어를 연속해서 표현하는 것이 일본어 '고토바'의 수어다.) 한국수어사전에서는 '말'과 '언어'를 같은 단어로 다루며 '오른손 집게손가락을 세워서 손가락 옆면을 입에 대었다 앞으로 내미는 것'이다.

하고 다른 사람과 전혀 말을 섞지 않는 아이인가 봐. 그 아이가 어쩌다 나한테 왔어.

기본적으로 나는 가르칠 때 목소리를 내지 않아. 섣불리 목소리를 냈다가는 익숙하지 않은 발음에 경계하는 사람들이 많거든. 염료 병을 손가락으로 가리키거나 좋아할 법한 색을 들어서 표정으로 "어떤 게 좋니?" 하는 느낌을 전해. 손을 들었다 내렸다 하면서 "좀더 염료에 담가."라거나 "아, 좀더, 좀더." 하고. "멋지다!"라고 할 때는 엄지손가락을 세워. 그렇게 목소리를 내지 않고 몸짓으로 소통해.

아무런 문제도 없었어. 다들 평범하게 착한 애들이라고 생각했거든. 그래서 실은 어느 애가 자폐증이었는지도 몰라.

선생님 눈에는 오늘 그 자폐증 아이가 여태껏 본 적 없을 정도로 부드럽게 소통한 모양이야. 처음 만난 사람한테 아이가 스스로 "이 색이 좋아."라면서 취사선택을 하는 것 자체가 선생님에게는 믿기지 않는 일이었나 봐.

"말을 하지 않는데도 소통이 가능해서 깜짝 놀랐어요… 우리도 어려워하는데. 솔직히 농인이 스태프라고 해서 괜찮을까 생각했어요. 그래서 슬쩍슬쩍 봤는데, 감동받았어요."

이런 얘기를 나한테, 말, 하, 지, 않, 고! 청인 스태프한테 전해달라고 했대. 수업이 끝난 다음에 그 스태프가 얘기해줬어. 선생님이 칭찬해줬다면서. 선의로 전해준 거지만, 전혀 기쁘지 않았어. 오히려 '왜 알려주는 걸까. 알고 싶지 않은데.' 하는 생각만 들었고. 지금도 영 개운하지 않아. 뭘까, 이 감정….

하루미치 흠… 전부터 궁금했는데, 그 아이 말고도 지금까지 수어를 모르는 청인 수강생한테 어떻게 가르쳤어? 상대가 무슨 말을 하는지도 모르잖아.

마 나 미 내가 농인이라 저항감이 있는 사람들은 애초에 청인 스태프한테 가니까 괜찮아. 딱히 쓸쓸하거나 분하지는 않고, 그러는 게 합리적이라 속 시원해. 소통하지 못하면 서로 스트레스 쌓이니까.
나한테 오는 건 수어가 뭔지 궁금한 사람들이랄까… 아니다. 농인이나 수어에 관심 있는 사람이라기보다는 좀더 넓은 의미로 '인간을 보는 사람'인 거 같아. 암튼 그런 사람들이 나한테 배우러 와. 왠지 그런 사람들은 내 발음도 잘 알아들어. 왜 그럴까? 신기해. 그래서 의외로 소통이 힘들지는 않아.

하루미치 흥미로운데! 그러면 상대방이 원하는 무늬나 좋아할 것 같은 색상은 어떻게 제안해? 보통 어떻게 하는지는 모르지만, 잡담하면서 취향을 추측하겠거니 생각했는데.

마 나 미 실제로 어떻게 착색되는지 볼 수 있는 견본이 잔뜩 있어서 그걸 직접 가져가거나, 손가락으로 가리키거나, 단어로 말하거나⋯ 음, 그냥 평범한데. 달리 뭐가 있을까⋯ 아, 입고 있는 옷이나 헤어스타일, 그 사람의 몸짓이나 시선의 움직임 같은 걸 보고 좋아할 것 같은 색을 제안하기도 해.

하루미치 아, 알겠다. 시선, 몸짓, 차림새⋯ 그런 건 우리한테 '언어'보다 중요한 '말'이니까.
수어를 모르는 사람과 촬영할 때 필담하곤 하는데, 그 사람이 쓴 '언어'에만 의지하면 시간이 오래 걸리는 반면 그리 중요하지 않은 걸 조금 알게 될 뿐이야. 그렇게 조금밖에 알려주지 않는 '언어'가 아니라 필체, 악수와 포옹을 할 때의 체온, 순간의 표정, 걸음걸이, 그 사람이 좋아하는 음식을 함께 먹는 시간 등 같이 있으면서 알게 되는 것들을 '말'로 받아들이면 '언어'만으로 알 수 없는 상대방의 무언가가 전해져. 그러면 신기하게 촬영도 잘 풀리고.
아마 마나미가 얘기한 건 내가 경험한 느낌과 비슷하지 않을까. 그렇군, 마나미도 그랬구나! 의미 있는 '언어'뿐 아니라 언어로 표현할 수 없는 것들까지 보지 않으면 우리는 청인 사회에서 좀처럼 쓸모 있는 정보를 거둘 수 없으니까… 고독해지기도 해.

마나미 맞아, 고독이라고 하면 좀 호들갑스럽지만. '아, 청인들은 신났네. 무슨 얘길 하고 있을까. 뭐, 그렇게 중요한 얘기는 아닐 테니 물어볼 필요는 없겠지.' 이렇게 혼자 따분할 때가 많아. 그럴 때는 다음 일을 준비하거나 다른 일을 찾아 해서 내 주가를 높이곤 하지, 후후후.

하루미치 나도 알 것 같아. 행동을 '말'로 보는 건 우리에게 숨 쉬듯이 당연하잖아. 하지만 '언어만으로 소통하는 사람'에게는, 사실 수어를 만나기 전까지 음성언어만 언어라고 생각했던 내가 바로 그런 사람이었는데… 암튼 오래전 나한테 몸짓과 눈짓도 '말'이라고 해봤자 미지의 언어처럼 이해하지 못했을 거야.

마나미와 이야기하다 새삼 자폐증의 특징을 조사해보았다. '사회성과 대인관계에 장애가 있음.' '소통과 언어의 발달이 느림.' '행동과 흥미가 편중됨.' 이런 특징이 있었다. '자신의 감정을 명확한 언어로 전달하기 어려워함.' 이런 특징도 있었다. 어쩌면 마나미가 만난 아이도 자신의 의사를 '언어'로 전달하는 게 어려웠는지 모른다.

그런 생각을 하며 다시금 마나미와 아이 사이에서 이뤄진 소통에 주목해보니 마나미는 '언어'가 아닌 '말'로 아이를 대했다는 걸 알 수 있었다.

마나미는 음성을 전혀 내지 않고 몸짓으로 아이에게 이야기했는데, 어쩌면 아이에게는 의미로 꽉 찬 '언어'보다 받아들이기 쉬웠을 수도 있다. (단, 마나미의 몸짓은 단순하지 않았을 것이다. 표정과 아주 작은 공간의 흔들림에도 의미가 담기는 수어의 뉘앙스를 몸짓에 섞었을 테고, 그 덕에 메시지가 더욱 명쾌하게 읽혔을 것이다.)

마나미도 그 아이의 반응을 '언어'로 들으려 하지 않았을 것이다. (상상이지만) 그 아이의 '성급하고 산만한 동작'을 비롯해 시선, 몸가짐, 손끝의 떨림, 순간의 표정 등을 전부 무의식중에 '말'로 받아들였기 때문에 처음 만났는데도 선생님이 깜짝 놀랄 만큼 서로 소통했던 것이 아닐까.

'말'은 입으로 소리 내거나 손으로 쓰는 의미 있는 '언어'보다 훨씬 가까운 곳에서 미세한 표정과 체온처럼 오감으로 느낄 수 있는 것을 통해 드러나고 있었다.

마나미가 석연치 않았던 이유는 선생님의 감상을 스태프에게서 간접적으로 전해 듣고 위화감을 느꼈기 때문일 것이다. 수업 후에 경황이 없어서 말할 틈이 없었을지도 모르지만, 결과적으로 선생님은 자신의 감동을 마나미에게 직접 전하지 않았다. 설령 '언어'가 통하지 않아도 표정, 힘찬 악수, 지그시 마주 보는 눈빛 등으로, 즉 언어를 떠받치는 '말'로도 감동을 전할 수 있다. 그런 '말'은 때로 농인에게 '언어'보다 훨씬 깊은 울림을 주며 들리기도 한다.

"아, 그랬을지도 몰라. 뭐든 좋으니까 선생님이 직접 똑바로 나를 보면서 얘기해주었다면 무슨 말인지 전혀 몰라도 기뻤을 것 같아. 사실 무슨 말을 하는지는 별로 중요하지 않아. 감동이란 서로 눈만 봐도 금방 전해지니까."

아무리 선의 있는 언어였다고 해도 본인에게 말하지 않고 스태프에게만 말하고 끝낸 것은, 그리고 스태프가 어중간한 '언어'만 전달해버린 것은, '같이 있지만, 당신은 아무것도 모른다.'라는 정보 격차를 여봐란 듯이 보여준 셈이다. 그런 것은 마나미를, 아니, 농인을 고독으로 밀어넣는 잔혹한 행위이기도 하다.

○ ○ ○

　이쓰키가 태어나고 반년 정도는 아이에게 말을 거는 방법이 불안정했다.

　언어를 익히려면 음성도 있는 게 좋겠다고 생각해서 음성과 수어로 함께 말하기도 했다. 하지만 아이의 반응이 시원치 않으면 '역시 내가 익숙한 수어로 얘기하는 게 좋겠어!'라며 생각을 고쳐먹고 음성 없이 수어만 쓰기도 했다. 그렇게 갈팡질팡했다.

　내가 오랫동안 '언어' 때문에 좌절했던 경험이 신중하게 말을 걸어야 한다는 생각으로 이어졌을 것이다. 마나미는 우왕좌왕하며 이쓰키에게 말을 거는 나를 보고 어처구니없어 "생각이 너무 많아서 그래. 편한 대로 하면 되잖아." 하곤 했다.

　망설임을 없애준 것은 우리가 '언어'에 앞서 '말'부터 듣는다는 깨달음이었다. 그때부터는 수어냐 음성언어냐 하며 '언어' 때문에 망설이지 않는다. 그보다 감정과 몸이 직결된 '말'로 아이와 소통하려고 고민하기 시작했다.

　'말'에 대한 깨달음을 얻은 뒤 아이가 뭐든 입에 물고 오물오물하는 것에 대한 생각도 크게 변했다.

이쓰키는 입에 대면 안 되는 것들—전선, 흙, 나뭇잎, 사용한 기저귀, 펜, 뾰족한 것—을 자꾸 덥석 물려고 들었다. 그때까지는 그런 장면을 목격하면 무조건 "안 돼!" 또는 "이 녀석!" 하고 목소리를 높이며 깜짝 놀란 이쓰키의 입에서 물건을 빼앗았다.

입에 문 물건을 빼앗긴 이쓰키는 영문을 모르겠다는 듯 의아한 표정으로 나를 보았다. 이쓰키의 눈빛에 담긴 뜻은 알 것 같았다. 하지만 혹시나 잘못 삼켜 기도가 막히거나 이상한 균이 옮아 병에 걸리는 건 막아야 했다. 그래서 무조건 못하게 해야 한다고 생각했다.

하지만 우리가 '말'부터 듣는다는 것을 염두에 두면 오물오물하는 행위를 조금 다르게 생각해볼 수 있다. 시각과 청각이 덜 발달된 갓난아이가 세계를 인식하려면 촉각이 필요하다. 아이가 만지고 물고 핥고 맛보고 오물오물하는 것은 우리가 정보를 얻으려 눈과 귀를 쓰는 것과 하나도 다르지 않다.

오물오물은 '말'을 입으로 알기 위한 행위였다. 그렇게 시점이 전환되자 아이가 오물오물할 때마다 화낸 것이 얼마나 오만한 행동인지 알게 되었다. 모르는 것을 보고 '뭘까?' 궁금해하며 호기심이 이끄는 대로 알려고 했을 뿐인데, 그럴 때마다 혼나며 빼앗긴다면 기분이 어떨까? 분명 자신의 감각을 부정당하는 느낌일 것이다.

　나 역시 뜻 모를 음성을 청인처럼 알아듣기 위해, 또 청인처럼 발음하기 위해 훈련하던 무렵에 그런 부자연스러움을 경험했다. 그런 생각까지 들자 더 이상 화낼 수 없었다.

　반성을 겸해서 무조건 금지하는 대신 나도 같이 오물오물 해보기로 했다. 그때까지 "안 돼!" 하며 뺏었다면 이제는 "주세요." 하고는 함께 오물오물해본다. 그러면 이쓰키는 나를 마치 동료처럼 바라본다.

　비닐봉지는 파삭파삭하고 입 안에 기름내가 확 퍼진다. 오물오물하는 느낌이 영 별로다. 얼굴을 잔뜩 찡그리고 "우웩." 하며 토할 듯한 표정을 지었다.

　전기선은 종류에 따라 다르지만 의외로 오물오물하는 맛이 있다. 그 의외성에 미간에 힘을 주고 고개를 끄덕이며 감탄하고는 "음, 이건 꽤 훌륭하네요."라고 사이비 미식가처럼 표현했다. 하지만 역시 감전될 수 있기 때문에 금지.

　이쓰키는 곧잘 마나미가 입는 바지의 허리끈을 오물오물한다. 씹을 때마다 입 안에 착 감겨서 말린 오징어처럼 씹는 맛에 중독성이 있었다. 어떨 때는 마나미의 향기가 확 풍기기도 했다. "아, 이건. 이야, 세상에. 아, 좋은데. 이건 문제없겠어.

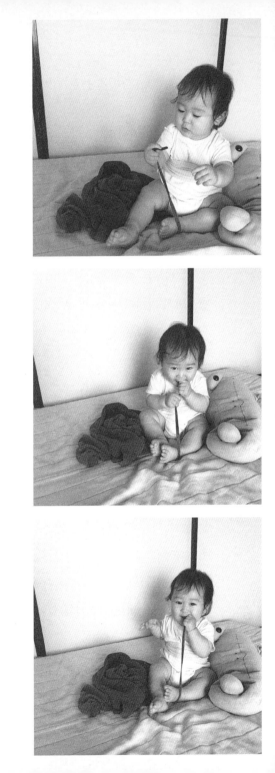

자, 받으시죠." 그렇게 눈을 깜박이면서 생글거리는 표정으로 돌려주었다.

이미 쓴 기저귀. 이게 정말 신기했다. 오물오물해보면 바스락거리는 느낌이 좀 아쉽다. 하지만 이쓰키가 아직 모유만 먹어서 그런지 쉬야를 한 기저귀의 냄새를 맡으면 어딘지 넓은 바다가 떠올랐다. 응가를 한 기저귀에서는 요구르트 같은 발효식품 냄새가 났다. 불쾌한 냄새는 아니었다.

"이 냄새는 왠지 굉장히 그리운데. 오호라, 혹시 이 냄새를 맡으면서 그리워한 거니? 분명히 양수는 쉬야로 된 거라고 들었는데. 음, 심오해. 심오한걸. 그래도 씹는 맛이 좋지 않으니 그만두자."

흙도 마찬가지다. 우선 내가 입 안에 넣고 오물오물해보았다. 지금지금 씹힐 뿐 맛이라곤 없었다. 굳이 만들어내지 않아도 절로 질색하는 표정이 지어졌다. 나를 보면서 이쓰키도 미간에 주름을 잡으며 "우웩!" 했다. 그렇지? 맛없어! 서로 공감했다. 이쓰키는 딱 한 번 흙을 아주 조금 오물오물한 다음부터는 두 번 다시 먹으려 하지 않았다.

그렇게 나도 함께 오물오물하면서 씹어도 되는 것과 안 되는 것에 대한 정보를 표정에 담아서 전달했다. 한동안 그렇게 가르치니 무조건 물건을 뺏을 때에는 볼 수 없던 표정을 짓기 시작했다.

내가 오물오물하면 이쓰키는 "히히히." 하고 웃으며 비밀을 공유하는 사이에만 보여주는 장난스러운 표정을 지었다. 그 표정을 본 것만으로도 오물오물한 보람이 있었다.

그 덕분인지는 모르겠다. 아마 그저 성장했기 때문이겠지만, 이윽고 이쓰키는 씹어도 되는 것과 안 되는 것을 잘 가렸다. 내 방법을 누군가에게 추천할 생각은 전혀 없다. 하지만 내게는 '언어'로 잘 타이르는 것보다 '말'을 의식하며 온몸으로 느낀 걸 전달하는 방식이 생리적으로 훨씬 잘 맞는 교육법이었다.

세계는 '말'로 되어 있다. '말'의 바다에서 태어나는 것이 '언어'였다.

그런 사실을 오물오물하는 이쓰키에게서 배웠다.

2017. 09

9

가까워지는 평행선

—————————— ｡

2017년 9월, 거의 한 달 내내 터키에 있었다. 생후 23개월인 이쓰키는 장기 해외 체류를 처음 경험했다. 별일 없을까 걱정이 많았지만, 친절한 터키 사람들에게 정말 많은 도움을 받아서 건강히 지낼 수 있었다. (과장이 아니라 아이와 함께 간 첫 여행지가 터키라 다행이었다.)

다만 터키에서 지내는 내내, 집으로 돌아가는 비행이 목에 걸린 생선 가시처럼 신경 쓰였다. 터키에 갈 때는 나리타 국제공항에서 출발하여 꼬박 열두 시간이 걸렸다. 게다가 심야에 출발했다. 아이패드에 이쓰키가 좋아하는 영상을 가득 담고 『배고픈 애벌레』 장난감을 사는 등 미리 만반의 준비를 했지만 비행기 안에서 난리도 아니었다.

출발하기 직전까지 놀아서 피곤하게 만들었더니 이쓰키는 이륙에 맞춰 잠이 들었다. 하지만 한숨 돌린 것도 잠시였다.

두 시간도 지나지 않아 뒤척이며 울기 시작했다. 계속 세워서 안고 있었기에 눕고 싶은 듯했다. 당연히 그렇겠지. 마나미와 내 무릎에 누이고 달랬지만 울음을 그치지 않았다. 주변은 어두컴컴하고 모두 잠들어 있었다.

맨 앞자리라 잠시 피해서 진정시킬 만한 공간도 없었다. 선 채로 아이를 달래는데 결국 항의가 들어왔는지 터키인 승무원이 미안한 표정으로 "뒤쪽에서 달래시면 어떨까요?" 하는 듯한 몸짓을 했다.

맨 뒤에서 아이를 달래다 진정되면 잠자는 사람들의 머리나 발을 치지 않도록 조심하면서 길고 좁은 통로를 살금살금 걸어 돌아왔다. 하지만 자리에 앉아 쉴 틈도 없이 이쓰키는 금세 울음을 터뜨렸다. 그러면 또 맨 뒤로 가서 어르고 달랬다. 비행 내내 이 일을 반복했다.

좀 싫었, 아니, 큰일이었다.

터키에서 보낸 시간에는 아무런 불만이 없었기에 더더욱 마지막 비행에서 여행의 인상이 나빠지는 건 막고 싶었다. 그래서 아예 계속 서서 아이를 달래기로 마음먹었다. 마나미는 어디서나 잘 자는 터프한 사람이지만, 나는 비행기에서 좀처럼 자지 못하니 가능할 듯했다.

아타튀르크 국제공항에서 탑승 직전까지 이쓰키와 실컷 놀았다. 자, 출전이다.

활주로로 향하는 비행기가 덜컹덜컹하는 진동이 편안했을까. 이쓰키는 순식간에 잠들었다. 마나미도 순식간에 잠들었다. 두 사람 다 입을 살짝 벌리고 잤다. 둘은 잠자는 모습이 무척 닮았다. 두 사람의 입을 슬며시 닫아주는 것도 내 일과다.

이륙해서 안전벨트를 풀어도 된다는 신호가 나올 때까지는 다행히 잠을 잤지만, 역시 얼마 지나지 않아 이쓰키는 울음을 터뜨렸다. '후후, 시작됐군!' 나는 곧장 이쓰키를 아기띠로 안고 만화책을 가득 채운 아이패드와 함께 맨 뒤로 향했다.

터키인은 아이에게 친절하다. '친절하다'기보다 '아이'라는 부류로 뭉뚱그리지 않고 의지를 지닌 개인으로 대해준다고 말해야 할까. 심지어 남녀 불문, 연령 불문, (정말이다! 네 살짜리 꼬마도 친밀함을 담되 절도를 잃지 않고 이쓰키를 대했다) 그야말로 모든 사람이 이쓰키에게 친절해서 눈물이 날 뻔했다.

터키인 승무원도 이쓰키를 무척 신경 써주었다. 승무원 전용 의자에 앉게 해주거나 바지런히 음료수 등을 챙겨주었다.

마치 가려운 곳을 긁어주듯이 항상 배려해주었다. 고마웠다. 승무원은 정신없이 바쁜 와중에도 이따금씩 잠든 이쓰키의 얼굴을 들여다보고는 볼을 콕콕 건드리며 벙긋 웃었다.

뚜렷한 미소라고 해야 할까. 일본에서 보던 조용하고 차분한 미소가 아니라 얼굴 전체가 활짝 벙긋했다. 나는 표정에도 의미를 담는 수어로 이야기하기에 아무런 꾸밈없이 밝은 그 미소를 기분 좋게 받아들였다.

그러저러하며 비행기 맨 뒤에서 잠든 이쓰키를 안은 채 만화책을 읽었다. (『우주형제』『스피릿 서클』 등에 큰 도움을 받았다.) 이쓰키가 가끔씩 칭얼대긴 했지만, 비장의 기술 '둥개둥개 까꿍까꿍'을 쓰면 금방 잠들어주었다. 첫 비행보다 훨씬 편했다. 몸도 마음도.

다음에 비행기를 탈 때는 반드시 맨 뒤 통로 쪽 좌석을 예매하자고 결의했다. 펩시콜라를 마시면서 '왜 외국에 나오면 콜라가 맛있을까? 평소에는 절대 마시지 않는데.'라고 자문하기도 했다. 만화를 읽는 틈틈이 막연하게 그런 생각을 했다.

여섯 시간 정도 지나 만화책도 슬슬 질릴 무렵이었다. 멍하니 서 있는데 가슴팍에서 무언가가 부르르 떨었다. 내려다보니 잠자던 이쓰키가 "키키키." 하듯 작게 웃음을 머금었다가

이내 이를 다 드러내며 "우하하하!" 하고 크게 웃었다.

'어? 일어났나?' 하고 생각했지만 이쓰키는 금세 새근대며 곤히 잠을 잤다.

'아, 꿈꾸고 있구나.'

밀착한 덕에 웃음의 떨림이 잘 느껴진 것이다.

그러고 보니 자면서 웃는 걸 본 적은 없었다. …아니, 그렇지는 않다. 몇 번인가 보긴 했다. 다만 곰곰이 떠올려보면 일하다가 옆방에서 잠든 이쓰키를 바라볼 때가 많았다. '아아… 웃는 건가…? 그렇지? 아하하, 귀여워.' 생생한 느낌 없이 멀찍이서 보며 그렇게 생각했을 뿐이다.

밀착해서 느낀 웃음은 멀찍이서 그저 바라보았던 것과 전혀 달랐다. 살아 숨 쉬는 울림이 전해졌다. 그 울림 덕에 이쓰키라는 생명의 반짝임이 더욱 탐스럽게 밝아졌다. 나에게 현실을 느끼게 해주는 것은 소리가 아니다. 시각도 아닐 것이다. 감촉, 체온, 울림 같은 것들이다. 그 사실을 새삼 깨달았다.

넘실넘실, 넘실넘실, 무언가 넘쳐서.

기쁨으로 물든 무언가가, 넘실넘실, 넘치고 있다.

우리 집에서만 통하는 개그 중에 마나미의 '머틀리처럼 웃기'가 있다.

머틀리란 「웨키 레이스Wacky Races>」라는 애니메이션에 등장하는 개 캐릭터로, 매회 주인인 악당이 음모를 꾸몄다 외려 자기가 함정에 빠져서 망연자실하면 그걸 보고 웃는다. 눈을 꾹 감고 복받치는 감정을 틀어막듯이 입가를 손으로 가리는데 이빨이 살짝 보인다. 그러고는 어깨를 들썩이며 웃는다. 키키키키키!

마나미는 머틀리 흉내를 감쪽같이 잘 낸다. 누가 봐도 바로 머틀리라고 알 정도다. 농학교 시절 사귀기 시작하고 얼마 안 되었을 때 처음 봤던가. 내 취향과 딱 맞아서 볼 때마다 기침이 나올 정도로 "우하하하하." 박장대소를 한다.

'머틀리처럼 웃기'를 몇 번 보여줬더니 이쓰키도 따라 하기 시작했다. 앙증맞은 손으로 입가를 가리곤 키키키키키. 그걸 본 우리가 또다시 우하하하하. 우리가 웃어주는 게 좋았는지 그 무렵 이쓰키는 웃을 때마다 머틀리를 흉내 냈다.

넘실넘실 흘러넘치고 반짝반짝 빛나는 생각에 빠져들며 이쓰키의 웃음과 호응하듯이 (마나미의 발끝에도 미치지 못하

* 미국에서 1968년 방영한 애니메이션. 열한 명의 레이서들이 우승하기 위해 미국 전역에서 경주를 벌인다는 줄거리다. 1970년에 일본에서 방영되었는데 선풍적인 인기를 끌어 아직도 추억의 애니메이션으로 회자된다. 한국에도 몇 차례 방영되었지만 큰 화제는 모으지 못했다.

겠지만) 나도 머틀리처럼 웃어보았다.

"키키키키키!"

그러자 꾸벅꾸벅하던 이쓰키도 똑같이 웃었다.

"키키키키키!"

손을 입에 대려고 그러는지 이쓰키가 팔을 슬며시 들었다. 웃음의 진동이, 심장의 고동이, 서로 맞닿은 가슴을 통해 전해졌다. 맑고 시원한 바람이 떠오를 만큼 기분 좋게 내 몸을 울렸다.

이쓰키는 녹아내리듯 깊이 잠들었다. 아침이 되도록 한 번도 뒤척이지 않았다.

○ ○ ○

귀국하기 직전에 이즈니크호 근처에 있는 펜션에 며칠 동안 묵었다.

이틀째 되는 날 밤에 있었던 일이다.

누가 몸을 꽉꽉 때려서 깼다.

마나미였다.

맞고 일어나는 거야 늘 그렇지만, 그날 밤은 손톱이 파고들 정도로 세게 때렸다. 무슨 일이 있구나 싶어 단숨에 일어났다.

어두컴컴해서 아무것도 보이지 않았다. 안경도 쓰지 않고 마나미에게 얼굴이 닿기 직전까지 바짝 다가가서 "뭐야?"라고 오른손 집게손가락을 좌우로 흔들며 물었다.

"이쓰키가 없어."

마나미가 답했다.

허둥대며 침대 위를 손으로 더듬어보았지만 이쓰키가 보이지 않았다. 아니, 손에 닿지 않았다. 등줄기에 소름이 돋으며 정신이 번쩍 들었다.

불을 켜려고 침대에서 내려서는데, 발끝에 물컹하고 부드러운 무언가가 닿았다.

아아아아아아아.

나도 모르게 새어 나오는 목소리를 느끼면서 부드러운 몸을 안아 올렸다. 어두워서 이쓰키의 상태는 알 수 없었다. 다만 격렬한 울음의 떨림과 이리저리 비틀며 발버둥 치는 움직임이 내 몸으로 전해졌다.

천만다행히 다치지는 않은 듯했다. 잠깐 달래자 울음을 그치고 잠들었다. 다행이라고 안심하는 동시에 한없이 마음이 침울해졌다.

＊　　이 동작은 한국수어에서도 같은 뜻으로 쓰인다.

우리 집에서는 이불을 쓰기 때문에 애초에 자다가 떨어질지 모른다는 염려가 없었다. 그래서 이스탄불에 도착해 첫 호텔의 방문을 열었을 때 '아, 그렇구나. 침대에서 자야 하는구나.' 하고 놀라긴 했다.

그 뒤로 숙소를 바꿀 때마다 아이가 떨어지지 않도록 침대를 벽에 붙이거나 싱글베드를 붙여 더블베드로 만들었다. 어쩔 수 없으면 바닥에서 자기도 했다. 그렇게 떨어지지 않도록 최대한 조심했기에 문제없을 거라고 방심했다.

어두컴컴한 방에서 나와 마나미는 태평하게 코를 골며 잤다.

바로 옆에 우는 아이가 있었다.

얼굴이 새빨개져서, 큰 소리로, 닭똥 같은 눈물을 흘리며, 외톨이인 채.

—시간이 지나 이 광경을 다시 부감할 때마다 '들리지 않는다'는 차가운 사실이 새삼 가슴을 찔러 속이 메스꺼웠다.

언젠가 이런 이야기를 들은 적이 있다.

집에서 아픈 부모를 돌보는데 무슨 일이 있을 때마다 눌러 부르던 비상등이 고장 나는 바람에 긴급한 상황에 빠진 부모를 본의 아니게 방치하고 임종을 지키지 못한 농인. 아기침대에서 떨어진 아이를 눈치채지 못해서 결국 아이를 잃은 농인.

　나도 전해 들은 이야기라 실화인지는 모른다. 모르지만, 이쓰키가 침대에서 떨어진 뒤에는 그 이야기들이 무서울 만큼 현실적인 것이 되었다. 오르락내리락하는 이쓰키의 따뜻한 배에 손을 올리고 있으니 그 이야기들에 담긴 가슴을 에는 듯한 깊은 고독이 점점 내 곁으로 다가왔다.

　바로 옆에서 일어나는, 사랑스러운 존재의 위기를 내가 알지 못한다.

　'듣지 못하는 것은 불행이 아니다.' 이 말은 진실이라고 생각한다. 하지만 그다음에 '그래도 조금 쓸쓸하다. 조금 불편하다.'라고 할 수밖에 없는 것도 사실이다. 그 '조금 불편함'은 너무도 간단히 돌이킬 수 없는 '불행'으로 이어지기도 한다.

　철이 든 뒤로 늘 듣지 못해서 답답하다고 느껴왔다. 하지만 가족, 아니 사랑하는 동료가 늘어난 지금 그 답답함은 뼈에 사무치게 절실한 감정이 되었다.

　그날 밤, 그 사실을 절감했다.

o　o　o

비행 내내 그런 생각을 떨쳐내지 못하고 있던 터라 내 품에서 잠자던 이쓰키가 "키키키키키키." 하며 웃은 것을 느꼈을 때, 뭐라 표현할 수 없는 감정이 솟구쳤다.

너는 지금까지 여러 밤을 이렇게 혼자 웃었겠구나.
그동안 그 웃음을 눈치채지 못했다니, 역시 아쉽구나.

시간이 꽤 흘렀다.
이런 엇갈림이 앞으로도 계속 반복되며 쌓이겠지.
서로 교차하지 않는 평행선, 그게 바로 우리의 모습 같다.
우리뿐만 아니라 사람과 사람의 관계란 으레 그럴 것이다. 다만 끝없이 뻗어나가는 평행선이라 해도 그 사이의 거리를 서로 손이 닿도록 좁힐 수는 있다. 13킬로그램의 부드러운 무게와 함께 내 몸을 울리는 너의 웃음소리를 드디어 느낄 수 있어서 행복이 넘실넘실 넘쳐흘렀다.

쓸쓸함과 기쁨이 뒤섞여서 그저 깨끗하지만은 않은 행복. 행복의 형태란 무한히 늘어나고 줄어드는 듯하다. 그리고 분명 언제까지나 빛바래지 않을 것이다.

점점 변하는 일상을 따라가면서 서로 가까워지는 평행선들
은 아득히 먼 곳으로 뻗어나간다.

　　그런 이미지를 머릿속으로 떠올린다.

　　가깝고도 먼, 가슴에 안겨 잠자는 생명의 고동을 느끼며
'현실에서도 마음속에서도 언제든 너의 손이 닿는 곳에 있자.'
라고 다시금 결심한다.

2017. 10

10

H
로

잠들다

_____ 。

출산 직후, 마나미와 이쓰키는 한동안 마나미의 본가에서
지냈다. 그 당시 나는 촬영 때문에 외박이 잦았고 엽서와 이메
일로 주위에 출산 소식을 알리거나 관공서에 제출할 서류 등
을 준비하느라 괜히 바빴다. 그 탓에 마나미의 가족에게 큰 신
세를 졌다.

앞서 적었지만 마나미의 가족은 아버지, 어머니, 마나미, 남
동생으로 구성된다. 모두 농인으로 수어가 모어다. 이런 농인
가족을 '데프 패밀리'라고 한다. 내 가족은 아버지(청인), 어머
니(청인), 나, 장녀(청인), 차녀(난청)로 구성되며 음성언어가
모어다. 내가 스무 살 때 부모님이 이혼하여 아버지와는 1년
에 두세 차례 만난다.

이쓰키는 몇 시간 간격으로 젖을 달라고 보챘다. 낮에야 모
두 깨어 있으니 괜찮지만 문제는 밤이었다. 당시 밤낮이 뒤바

뀐 생활을 하던 마나미의 남동생이 주기적으로 직접 확인하거나 어머니가 잠잘 때도 보청기를 끼고 감각의 안테나를 세워준 덕에 밤을 잘 넘긴 듯했다.

그 무렵 마나미는 미국 드라마 「워킹 데드」에 푹 빠져 수유하면서도 정신없이 보았는데, 그 모습이 인상적인 기억으로 남아 있다. '워커'라고 불리는 좀비들이 활보하는 황폐한 세계에서 생존하려는 사람들의 이야기가 어둡게 펼쳐진다. 꿈도 희망도 없는 내용인데 마나미는 젖을 빠는 이쓰키의 머리를 한 손으로 받치고, 다른 손에 든 아이폰을 뚫어지게 봤다.

"살아남을 거야! 무슨 일이 있어도 이 아이와 살아갈 거야! 이런 본능이 솟아난다니까. 그 느낌이 좋아."

넋을 놓고 대릴(「워킹 데드」의 등장인물. 무뢰한 같은데 따뜻하고 매력적이라 인기가 대단하다)을 보며 그렇게 말하는 마나미가 무척 듬직했다.

그때 나는 일주일 중 이틀을 마나미의 본가에 찾아갔다. 그이상 자주 신세 질 수는 없었다. 집에 혼자 있으면 외로웠다. 매일 밤 영상통화로 "빨리 돌아와. 뭐든 할 테니까. 응? 응? 언제 올 거야?"라고 간절히 바랐는데, 그 덕인지 예정했던 기간의 절반밖에 안 되는 한 달 반 만에 두 사람이 돌아왔다.

○　○　○

셋이 처음 같이 지낸 밤. 잔뜩 긴장했던 기억이 선명하다. 이쓰키가 몇 시간 간격으로 젖을 보챌 텐데 문제없이 잘 눈치챌지 걱정스러웠기 때문이다.

보청기를 끼고 자는 것은 우리에게 최선책이 아니었다. 마나미는 보청기를 끼어도 전혀 들리지 않았고, 나도 10년 넘게 보청기를 끼지 않았다. 혹시 몰라서 시험 삼아 보청기를 껴보기는 했다. 하지만 전원을 켜자마자 온갖 소리가 한꺼번에 들이닥쳐서 마치 펑펑 터지는 불꽃놀이를 귀에 대고 쏜 것처럼 충격적이었다. "우왓!" 하며 화들짝 놀랐지만 간신히 참고 이쓰키의 목소리를 들으려 귀를 기울였다. 휘몰아치는 소리의 홍수 속에서 무엇이 이쓰키의 목소리인지 알 수 없었다.

보청기를 낀 내 귀가 어떤 상태인가 하면, 저음은 곧잘 들지만 고음이 될수록 점점 이해하지 못한다. 그래서 조금이라도 이쓰키와 멀어지면 울음소리가 주위의 잡음과 뒤섞여 구분할 수 없었다.

겨우 5분 동안 보청기를 했는데도 머리가 욱신욱신 아팠다. 마음도 내내 편치 않았다. 현기증까지 나서 눈앞이 선명히 보이지 않았다. '이렇게 소리가 많은데, 용케 필요한 소리만 골라서 들었네.' 오래전의 나에게 감탄했다. 매일같이 보청기를 끼던 시절에는 오랫동안 듣기 훈련을 한 덕에 귀가 보청기 소리에 적응했던 것이리라.

그 외에 보청기 자체가 낡았다든가 제대로 조정하지 않았다든가 하는 여러 이유가 있었다. 그래도 10년 만에 발을 디딘 '소리 있는 세계'는 예상보다 훨씬 혹독한 곳이었다.

좀 참고 보청기를 끼면 언젠가는 그 소리에 익숙해질 것이다. 하지만 그와 별개로 보청기에 별로 좋은 추억이 없기 때문에 역시 일상적으로 귀에 낄 수는 없었다.

육아하는 농인을 위한 보조기기가 있긴 하다. 울음소리를 감지하면 베개 밑에 넣어둔 기계가 진동으로 알려주는데, 친구가 쓰던 걸 빌려주었다. 그렇지만 실제로 사용해보니 우는데 감지하지 못하거나 반대로 울지 않는데 감지하는 경우가 있었다. (다른 곳에서 울린 고음에 반응한 것 같았다.) 또한 베개에서 머리가 조금만 떨어져도 진동을 느끼지 못하는 등 불안한 점이 적지 않았다. 믿고 의지하기 어려웠다.

할 수 없는 일을 도와주는 기계는 많고, 그 기계들은 앞으로 계속 좋아질 것이다. 하지만 당장 우리의 상황을 고려하면, 몸으로 직접 아이의 신호를 눈치채는 것이 최선이었다.

잠들기 전에 30분마다 진동이 울리도록 휴대전화 알람을 설정했다. 마나미는 아이폰을 가슴과 브래지어 사이에 꽂아 자는 사이에 몸에서 떨어지지 않게 했다. 나는 팬티 속에 넣었다. 겨울에서 봄으로 넘어갈 무렵이 되자 오싹하던 아이폰의 냉기가 조금씩 잦아들었다. 그렇게 계절의 변화를 느꼈다. 아이폰 역시 계절의 일부였다.

실내등을 전부 끄지는 않고, 스탠드를 밤새 켜두었다. 오렌지색 불빛이 은은하게 방 안을 밝혔다. 그리고 이쓰키를 중심으로 양옆에 우리가 누웠다. 이른바 '川내천 자' 모양이다. 안경을 벗으면 건너편 마나미는 보이지 않지만, 바로 옆의 이쓰키가 어떤지는 확인할 수 있었다.

이쓰키의 몸짓을 더 잘 눈치채기 위해서 셋이 한 이불을 덮고 자거나, 이쓰키의 배에 손을 얹거나, 발밑에 손을 대거나, 손을 잡는 등 최대한 서로 몸을 밀착하고 잠들었다.

그렇게 자는 데 익숙해지자 신기한 일이 벌어졌다. 몸이 떨어지거나 알람이 울리지 않아도 문득 잠에서 깰 때가 있는데, 종종 막 일어난 이쓰키와 눈이 마주친 것이다. 이불이 움직여서 깨지 않았을까 싶은데, 정말 자주 그런 일이 일어났다. 오렌지색 불빛 아래서 이쓰키와 눈이 딱 마주친 순간을 잊을 수 없다. 서로 깊은 곳에서 연결된 듯한 불가사의한 느낌이 들었다.

생후 3개월쯤부터는 이쓰키가 스스로 우리를 때려서 깨웠기 때문에 무척 편해졌다.

마나미가 이렇게 말한 적이 있다. "꽉꽉 때리는가 하면, 꽉 꼬집기도 해. 딱 한 번 머리카락을 엄청 세게 잡아당긴 적이 있는데 아마 때려도 꼬집어도 일어나지 않으니까 화가 났던 거 같아."

○ ○ ○

셋이 딱 붙어서 자던 무렵에 기무라 고이치로木村高一郞의 사진집 『말ことば』*을 보았다. 처음에는 서점에서 보기만 했는데, 사진이 계속 머릿속에 맴돌아서 이 글을 쓰기 직전에 결국 구입했다. 무척 흥미로운 사진집이다.

집 천장에 카메라를 설치하고 10분마다 촬영하도록 설정한 지 2년이 되었습니다. 그 결과 약 10만 장에 달하는 막대한 작품이 만들어졌습니다. 이 작품에는 꾸밈없는 가족의 초상이 찍혀 있습니다. 사이좋게 자는 가족, 낮잠 자는

●　　리브로아르테(リブロアルテ) 2017.

아들, 독서하는 모자 등 그 광경 자체가 마치 대화하는 듯
하여 더 이상 거기에 '말'은 필요 없는지도 모릅니다.
_출판사 홈페이지에서

　몇 년 전 우연히 방문한 단체 전시회에서 기무라 고이치로
의 사진들이 슬라이드로 상영되는 걸 보았다. 변하지 않는 듯
변해가는 일상이 재미있어서 한참 보았던 게 기억난다.
　사진집으로 만들어도 그 매력은 변치 않았다. 오히려 이불
덮은 가족을 묘사한 표지나 시원하게 펼쳐지는 제본 덕에 더
더욱 '변하지 않는 듯 변해가는 일상'의 매력이 돋보였다.
　어느 페이지를 펼쳐도 아이, 엄마, 아빠 중 누군가가 꼭 있
었고, 모두 이불 위에서 뒹굴뒹굴하고 있었다. 잠버릇이 진짜
제각각이라 뿔뿔이 흩어져서 자는가 하면, '●'처럼 똘똘 뭉
쳐서 자기도 했고, 'ㅏ'처럼 자기도 했다. 나아가 'ㅡ' 'K' '𠆢'
'si' 등… 잠자는 가족을 보는 사이에 여러 글자와 모양이 머
릿속에 떠올랐다. 특히 몇몇 상형문자는 정말 똑같았다.
　'말'은 홀로 고립되어 있는 것이 아니었다. 말은 원형이 된
존재의 형태, 성질, 혼 등을 모방하여 만들어진 것이었다. 그
야말로 사진집과 제목이 딱 어울렸다.
　'일본어에 들어맞는 게 없어도 분명 다른 나라 글자 중에

닮은 게 있겠지.' 사진집을 넘기다 보니 자연스레 내가 알지 못하는 말의 존재도 느껴졌다. 그동안 '내 천 자로 잔다.'라는 일본어 표현에 익숙해져서 가족이 자는 모습이라 하면 으레 '川' 모양을 떠올렸다. 하지만 사실 모두 그렇게 자지는 않을 것이다.

"인생의 3분의 1은 수면이 차지한다."라는 소소한 지식을 들을 때마다 '아, 맞아. 그렇지.' 하고 놀란다. 지식으로서는 기억하지만, 깊게 실감한 적은 없었다. 아쉬운 일이다.

자는 동안에도 새근새근 들이쉬었다 내쉬며 호흡을 하고, 두근두근 힘껏 심장이 고동하며, 움찔움찔 근육이 움직인다. 그렇게 쉬지 않고 끝없이 흔들리고 움직이며 살아 있는데 여태껏 전혀 몰랐다니.

○ ○ ○

불현듯 우리는 어떤 '말'로 잠을 잘지 궁금해졌다. 일단 궁금해지니 가만있을 수 없었다. 나도 흉내를 내보았다.

늦은 밤, 잠자는 이쓰키와 마나미를 깨우지 않도록 조심하면서 수십 초마다 촬영하게 설정한 작은 디지털카메라를 천장에 테이프로 붙였다. 자는 사이에 떨어지면 안 되니 테이프를 덕지덕지 붙여서 카메라를 고정했다. 더 깔끔한 방법이 있을 것 같은데, 기계치라 어쩔 수 없었다.

설치를 마친 다음 셔터를 눌렀다. 허둥지둥 이불 속으로 들어가 평소처럼 이쓰키의 체온을 느꼈다.

찰칵. 플래시가 감은 눈으로도 느껴졌다. 그대로 잠들었다.

이튿날 아침, 두근두근하면서 카메라를 고정해둔 테이프를 떼어내고 사진을 확인했다.

이쓰키에게 팔을 두른 마나미와 손을 대고 있는 내가 위에서 내려다본 구도로 찍혀 있었다. 그때 이쓰키는 생후 18개월 정도라 그냥 두어도 혼자 잘 잤지만, 습관이란 좀처럼 없어지지 않는 것이었다. 막연히 상상했던 대로 찍히긴 했어도 새삼 분명하고 구체적인 증거를 보니 역시 좀 신기했다.

"이거, 이거 좀 봐. 한번 봐, 자."

나는 좋은 사진을 찍고 나면 끈질기게 치근댄다. 카메라를 마나미의 얼굴에 바싹 들이대면서 양손 손가락으로 'H' 자를 만들었다.

"우리는 'H'로 자고 있었어."

"진짜네. 음, 그런데 이거 'H'가 맞나?"

마나미가 의문 가득한 눈빛으로 카메라를 노려보았다.

"맞지 않아?"

"…그래, 'H'네."

"맞지? 'H'라고. 헤헤, 'H'였구나. 우리는 이렇게 잤던 거야. 'H'라니 좋잖아."

"같은 말을 몇 번이나 해. 'H'만으로는 아무 의미도 없잖아?"

"휴먼human의 'H'라고 하면 괜찮지 않아? 우리 모두 사람이니까."

나중에 또 다른 '말'을 보고 싶어서 카메라를 설치했지만 테이프를 어설프게 붙였는지 뚝 떨어져서 머리를 정통으로 맞았다. 그 뒤로는 더 이상 하지 않는다.

더 나중에 친구가 "너는 'H'라고 하는데, 나는 '円둥글 원'*이라고 생각했어."라며 이견을 냈다. 그 말을 듣고 다시 보니 그렇게 읽을 수도 있었다. 위로 올린 내 왼팔에 주목하면 '向향할 향'처럼 보이기도 했다.

아, 인간의 몸이란 그야말로 '말'이구나.

* '圓'(둥글 원)을 일본에서는 간략하게 '円'으로 쓴다.

H로 잠들다

2017. 12

11

좋아해! 좋아해! 좋아해!

———————— °

2017년 12월, 이쓰키는 생후 25개월이다. 아는 어휘가 늘
어나서 이런저런 대화도 할 수 있다. 지금껏 이쓰키와 가장 많
이 나눈 말이 무엇인가 하면, 헤아릴 필요도 없이 "좋아해!"다.

'좋아해'를 뜻하는 수어를 설명하면 '오른손 엄지와 검지를
벌리고 턱에 댄 다음, 그 손을 대각선 앞으로 내밀면서 엄지와
검지를 붙이는 동작'이다.* (그나저나 수어를 글자로 표현하기
란 번거롭기 그지없다. 그래도 금방 익힐 수 있으니 몰랐다면
한번 해보길 바란다.)

이쓰키가 처음 "좋아해!"라고 했던 게 언제였을까. 정확한
시기는 기억나지 않지만, 한 살을 넘어설 무렵에는 이미 표현
할 줄 알았다.

* 한국수어에서 '좋아해'는 '오른 주먹의 엄지손가락 쪽 면을 코에 닿게 대고 좌우
  로 두 번 흔드는 것'이다.

좋아해! 좋아해! 좋아해!

그때는 아직 손가락을 섬세하게 움직이지 못해서 자기만의 방식으로 좋아한다고 했던 것이 기억난다. 눈을 위로 뜨고 손가락을 모두 펼친 채 턱에 꾹 댄 다음, '어디지? 어디지?' 하며 무언가를 찾듯이 턱을 만지작거리면서 눈을 가늘게 뜬다. 이윽고 맘에 드는 위치를 찾으면 눈을 꾹 감고 코에 주름이 잡힐 정도로 활짝 웃으며 모든 손가락을 힘껏 붙인다. "좋아해!"

나는 그 동작을 볼 때마다 오래전 남성 화장품 광고에서 찰스 브론슨Charles Bronson이 "음, 맨담!"이라며 짓던 절묘한 표정을 떠올렸다.

두 살이 넘은 지금은 손가락도 세밀하게 움직일 줄 알아서 더 이상 "음, 맨담!"을 볼 수 없다. 문득 그 사실을 깨닫고 좀 서운했다. 감개무량할 사이도 없이 아이는 무럭무럭 자란다.

∘ ∘ ∘

우리 집에서는 다양한 장면에 "좋아해!"가 날아든다.

마구 간지럼을 당해서 침을 줄줄 흘리며 실컷 웃은 다음, 괴롭지만 또 해주길 바라면서 외친다. "좋아해!"

야단맞아 토라진 뒤, 눈물이 그렁그렁한 눈으로 "죄송해요." "안아주세요." "화해해요." 같은 뜻을 담아 말한다. "좋아해!"

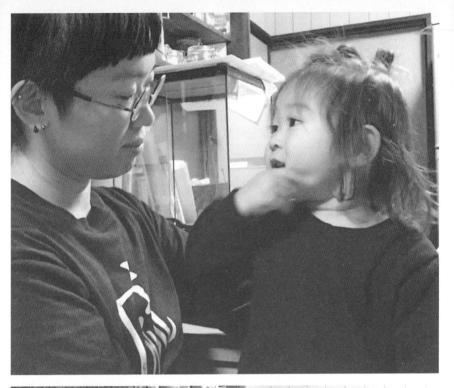

커다란 시트를 다 함께 뒤집어쓰고 키득키득 웃다가, 서로의 숨결이 뒤섞인 채 미리 짜놓은 듯 동시에 합창한다. "좋아해!"

마나미네 아버님의 고향에서 보내온 바나나를 한입 가득 먹은 다음, 볼에 손을 대고 "맛있어, 맛있어."라며 신나게 춤추다 하늘을 향해 소리친다. "좋아해!"

그 장면들에서 이쓰키는 마음과 몸이 직접 연결된 '말'을 힘껏 내보냈다. 그런 광경을 볼 수 있어 기뻤다. 진심으로 기뻤다. 지금만 느낄 수 있는 행복일지도 모르니까.

∘　∘　∘

나는 '언어'와 '말'을 의식적으로 구분하여 쓴다.[*]

다른 사람에게 내 의지를 전하기 위한 수단으로, 문장을 쓰는 데 필요한 문법처럼 규칙과 의미가 정해져 있는 것이 '언어'다. 한편 '말'은 어린아이가 내는 소리나 춤, 그림, 동물의 울음 등 의미를 특정하기 어려운 행위를 포함한다.

달리 표현하면 '언어'는 의미를 관장하려는 인간의 부단한 노력을 상징하며, '말'은 감정이 의지를 뛰어넘어 절로 넘쳐난

*　169면 각주 참조.

것이라고 할 수 있다.

열여섯 살에 처음 만난 수어가 겨우 내 감정과 잘 어우러진 다고 느낀 건 농학교 전공과를 졸업하던 스무 살 무렵이었다. 농학교에서 매일 수어를 사용했음에도 5년이나 걸린 것이다.

겨우 5년이라고 해야 할지도 모르겠다. 하지만 수어를 배우는 동안 늘 '언어'와 감정이 어긋나서 부자연스럽게 느껴졌다. 그 부자연스러움 때문에 마치 솜이불로 둘둘 말린 듯이 답답했고, 5년이 무척 길게 느껴졌다. 줄곧 감정과 언어가 자연스럽게 연결된 '말'로 이야기하고 싶었다.

철이 들락 말락 하던 유년기에 발음훈련을 하며 '언어'로 이야기하라 강요당했고, '말'로 표현하는 것은 인간 미만의 감정이라고 부정당했다. 그런 내게 '말'은 되찾아야 하는 것이었다. 마음과 몸과 '말'이 연결되지 않아 안절부절못하는 것은 지긋지긋했다.

우선 '말'이 생겨나는 순간을 소중히 여겨야 했다. 오랫동안 그렇게 생각했던 나는 이쓰키의 "좋아해!"가 마음과 몸이 연결되어 나오는 '말'이어서 안심했다.

그렇지만 이쓰키는 들을 수 있다. 어린이집, 학교 등 청인 사회와 관계가 깊어질수록, 음성언어를 사용할 기회가 많아질

수록, '수어'와 '음성언어'라는 서로 다른 언어 사이에서 이쓰키는 갈등을 겪을 것이다.

과거의 모든 일들이 맞물려 지금의 내가 있기 때문에 부모님을 탓할 생각은 정말로 없지만, 어쩔 수 없이 내 마음속 한편에는 음성언어를 강요당했다는 생각이 자리 잡고 있다. 그런 생각 때문에 이번에는 반대로 내가 수어라는 '언어'를 이쓰키에게 강요하지는 않을까 망설였다.

얼마 전 들을 수 있는 아이를 낳은 농인 친구와 만나서 나눈 이야기가 마음속에 가시처럼 걸렸다.

"부모랑 수어로 대화할 수 있어도 장래를 생각하면 아무런 도움이 안 돼. 어설픈 발음이나 문법으로 언어를 익혔다가는 나중에 놀림을 받을 거라고. 진심으로 아이를 위한다면 어릴 적부터 사회에서 모두가 사용하는 음성언어로 말할 수 있게 가르쳐야 해. 부모 자식이 대화하는 것보다 애가 스스로 살아갈 수 있게 하는 게 중요하다고."

친구는 술을 마시며 힘이 잔뜩 들어간 수어로 열변했다. 친구의 사고방식이 구식이라고 생각하면서도 그때는 분명히 이견을 밝히지 못했다. 나중에야 몇 가지 반론이 떠올랐지만, ("두 언어를 모두 하는 건 다양성이 중요해질 미래에 생각보다도 큰 장점이 될 거야." 또는 "그렇게 서글픈 말 하지 마."
등) 전부 설득력이 부족했다.

　　친구는 부모님이 모두 청인으로 중학교까지는 보통 학교를
다녔지만 소통에 한계를 느껴서 고등학교는 농학교로 진학했
다. 그런 이력은 나와 똑같다. 다시 말해 언어 때문에 고생한
사람인 것이다. 그 때문에 '아이가 고생하지 않도록' 음성언어
부터 배워야 한다고 주장하는 것도 이해할 수 있었다.

　　아예 반대되는 의견을 말하는 사람도 있었다.

　　"당연히 수어로 가르쳐야 하지 않아? 우리는 수어로 대화하
니까. 우리 집은 절대로 음성을 내지 않으려고 조심해. 부모가
가장 편한 방법으로 얘기하면 돼. 바르고 깨끗한 음성언어는
애가 주위 환경에 맞춰서 스스로 자연스럽게 익힐 거야."

　　'그렇긴 하겠지.' 하면서도 '그렇게 단순한 문제일까?' 하는
의문도 들었다. 어떡하면 좋을까? 솔직히 잘 모르겠다.

○　○　○

이쓰키가 생후 6개월이 지나 조금씩 베이비 사인*을 보이기

---

*　　말하지 못하는 아기와 소통하기 위해 주고받는 몸짓이나 표정 등 신호.

시작했을 때부터 마나미와 종종 음성언어와 수어에 대해 이야기를 나누었다. '말'에 대한 가족의 방침을 정하는 것은 우리에게 어린이집 선택보다도 중요했다.

어느 밤, 레드 와인을 마시면서 마나미와 대단히 소중한 이야기를 나눴다.

하루미치 이쓰키가 음성언어를 익혀서 모어로 삼는 건 좋아. 그래야 할 거고. 그런데 우리와 매끄럽게 대화를 못 할지도 모른다고 생각하면 벌써 맘이 쓸쓸해. 마나미는 어때?

마 나 미 어린이집이 어떤 곳인지는 잘 모르는데, 음악을 듣는 시간도 있겠지? 그러면 거기서 들은 음악을 우리한테 가르쳐주려고 할 텐데… 음, 이런 상상을 하면 역시 이쓰키랑 좀 멀어지는 느낌이야.

하루미치 어린이집 수첩 같은 게 있다고 들었어. 선생님이 그 수첩에 오늘은 이런 노래를 불렀다고 적어주면 어떻게든 될까?

마 나 미 그러는 건 좋지만 간접적인 정보잖아. '이쓰키한테서' 들은 게 아니니까. 음… 멀어지는 느낌은 똑같을 거 같아.

그러고 보니까 오늘 낮에 유키노(내 동생 중 청인)의 아이랑 이쓰키가 같이 놀았어. 이쓰키가 좀 희한한 춤을 추면서 별난 소리를 낸 모양이야. 그걸 듣고 유키노네가 크게 웃었어. 텔레비전에서 본 걸 따라 했을까? 암튼 진짜 재미있는 소리였나 봐. 그게 어떤 소리였는지 두 사람이 웃으면서 통역해줬어. 들어보니까 재미있어서 나도 "우와!" 하면서 웃었고.

그렇게 놀고 저녁에 집으로 운전해 돌아오는데, 카 시트에 앉아 있던 이쓰키가 혼자서 수어로 노래했어. 재미있는 표정을 지으면서. 그게 정말 재미있었거든. 그래서 엄청 크게 웃음이 터졌어. 그때 웃음은 자연스러웠어. 그러니까 내가 낮에는 노력해서 다른 사람한테 맞춰서 웃었다는 걸 알겠더라.

하루미치 무슨 느낌인지 알겠어. 통역해주면 고맙지… 많이 고마운데 날것 그대로 느낀 '말'과 비교하면 통역된 '언어'는 뭐랄까… 시간을 두고 의미가 분명하게 정리되어 있잖아. 어쩐지… 좀 차갑게 식은 느낌이야.

마 나 미 그거야!

하루미치 차게 식은 꼬치구이를 먹는 느낌일까? 그 정도는 아닌가. 그럼 차게 식은 닭튀김? 차갑더라도 살얼음이 언 맥주 같으면 이상적일 텐데 말이야.

마 나 미 그래 봤자 정말로 맥주가 맛있는 건 딱 한 잔이잖아.

하루미치 오, 이 대화 왠지 엄청 생생한데… 밥과 '말'은 형태가 닮은 것 같아. 금방 맛볼 수 있고, 갓 만들어서 따끈따끈할 때가 제일 맛있잖아. 제대로 맛있게 먹어야 피랑 살이 되는 것 같고. 식사란 알약으로 영양 균형을 맞추기만 하면 되는 게 아니잖아? 그런 것처럼 쓸데없는 정보를 모두 걷어내고 분명한 의미로 정리한 '언어'만 들어서는 좀 헛헛할 때가 있어. '언어' 도 필요하긴 한데, 그것만 있으면 마음이 비썩 말라버려.

마 나 미 맞아, 통역으로 듣고 무슨 뜻인지는 알았지만 한 박자 늦은 탓에 현장감이 없어서 좀 시시했어. 평소에는 누가 통역 해주었을 때 그렇게 느끼지 않거든? 아마 내 아이 일이라 더 그랬나 봐. 질투나 시샘은 아니고… 좀 납득할 수 없다고 할까.

하루미치 '말로 인한 고독'이 있지. 식어버린 '말'만 먹다 보면 몸도 마음도 추워져. 나는 그런 고독이 진짜 싫었어. 그래서 촬영할 때 눈 깜박임, 시선, 체온처럼 아무 의미가 없어 보이는 것도 상대방이 내게 보내는 '목소리'라고 받아들이면서 사진을 찍게 되었어. 사진을 시작하면서 다양한 사람과 만났고, 그들과 이런저런 방식으로 어울릴 수 있다는 걸 알았어. 그 뒤로는 '말로 인한 고독'이 많이 줄어들었지.

이제는 다양한 목소리가 있다는 걸 아니까… 음, 어떻게 말해야 좋을지 어려운데 나는 이쓰키가 수어를 익혔으면 좋겠다고 생각한 적은 전혀 없어. 반대로 음성언어를 익히라는 말도 아냐. 다만 식어버린 '말'만 먹는 상태는 분명히 무척 부자연스럽다고 생각해.

마 나 미   그래, 음… 지금 얘기를 듣다가 깨달은 게 있어. 나는 이쓰키에게 "수어냐, 음성언어냐, 어느 쪽이냐?"라고 선택하게 할 생각은 없어. 이쓰키가 다양한 형태의 '말'이 있다는 걸 알고, '지금 눈앞에 있는 저 사람과 어떤 말로 얘기해야 즐거울까? 서로 소통할 수 있을까? 내 뜻을 전할 수 있을까?' 하는 걸 본능적으로 알아채는 사람이 되면 좋겠어.

하루미치   그렇군.

이리저리 헤매면서도 마나미는 이쓰키가 두 살을 맞이하던 무렵에 일종의 답을 이끌어냈다.

'말로 인한 고독'에 빠지게 두지는 말자.

한 가지 언어만을 완고하게 강요하지 말자.

지금은 '수어 아니면 음성언어'로 선택지를 좁히지 말고, 우리 몸에서 발화되는 솔직한 '말'로 이야기를 나누자. 그리고 이쓰키의 '말'을 다양한 형태로 받아들이며 듣자.

일을 뒷전으로 미뤄도, 가난해져도 괜찮으니 이쓰키가 세 살이 될 때까지는 함께 있자. 함께 몸을 쓰고, 여기저기를 다니고, 수많은 '말'이 있는 곳에 찾아가 다양한 몸을 지닌 사람들과 만나자. 수많은 '말'을 만날 수 있는 환경과 관계를 지키며 우리도 그 안에 몸을 두자.

방향성이 모호하고 아무것도 정하지 않은 셈이나 마찬가지라고, 너무 단순하다고 스스로도 생각한다. 하지만 이쓰키에게 쏟아지는 '말'을 대할 때마다 그런 자세를 갖자고 우리는 마음먹었다.

○ ○ ○

생각지 못한 사람이 생각지 못한 타이밍에 전율이 일어날 정도로 기쁜 '말'을 보내거나 '행동'을 보이면, 나도 모르게 얼굴에 미소가 번지며 몸이 들썩들썩한다. 푸르른 대양에서 하늘을 향해 뛰어오르는 돌고래처럼 '마음이라는 대양'에서 '몸이라는 하늘'을 향해 감정이 불쑥 솟아오를 때가 있다.

기운 넘치게 용솟음치는 감정의 꼬리를 손가락으로 붙들려는 듯이 이쓰키의 "좋아해!"는 어딘지 허둥대는 것 같다. 그러면서도 이쓰키는 온 얼굴로 웃으며 그 말을 노래한다. 내게는 그 모습이 눈부셨다. 몸과 마음이 연결되어 나오는 "좋아해!"가 눈부셨다. 눈부시고, 눈부셔서, 어쩔 줄 모를 정도로! 주체할 수 없는 감정이 언제나 가슴속을 꽉 채운다.

이쓰키의 "좋아해!"에 기뻐하며 나도 똑같이 "좋아해!"로 답한다. 맥락이 있든 없든 의미 따위는 제쳐두고, "좋아해!"

그러면 이쓰키는 싱긋 웃거나, 빙글빙글하거나, "흥!" 하듯 고개를 돌리며 "노!"라고 손을 흔들어 부정한다. 그러다가도 끝에는 늘 "좋아해!"라고 답해준다.

그걸 보고 나는 다시 "좋아해!"라고 한다. 그러면 또다시 이쓰키도 답해준다.

이렇게 "좋아해!" 랠리가 시작된다.

"좋아해!" "좋아해!" "좋아해!" 히히히.

"좋아해!" "좋아해!" "좋아해!" "좋아해!" 키득키득.

"좋아해!" "좋아해!" "좋아해!" "좋아해!" "좋아해!" "좋아해!"

○   ○   ○

아름다운 너를 무슨 일이 있어도

아름다운 너를 나는 지금도

아름다운 너를 무슨 일이 있어도

아름다운 너를 나는 지금도

사랑해 사랑해 사랑해 사랑해 사랑해 사랑해 사랑해 사
랑해 사랑해 사랑해 사랑해 사랑해 사랑해 사랑해 사랑
해 사랑해 사랑해 사랑해 사랑해 사랑해 사랑해 사랑해
사랑해 사랑해 사랑해 사랑해 사랑해 사랑해 사랑해 사
랑해 사랑해 사랑해 사랑해 사랑해 사랑해 사랑해 사랑
해 사랑해 사랑해 사랑해 사랑해 사랑해 사랑해 사랑해
사랑해 사랑해 사랑해 사랑해 사랑해 사랑해 사랑해 사
랑해 사랑해 사랑해 사랑해 사랑해 사랑해 사랑해 사랑
해 사랑해 사랑해 사랑해

마치다 고町田 康*의 노래 「사랑해」 중 일부인데, 『마치다 고 전가시집』**을 보면 이 다음에 '사랑해'가 3면이나 이어진다.

계속해서 이어지는 무수한 '사랑해'를 읽었을 때, 영문은 모르겠지만 감동에 휩싸였다. 시를 읽고 그렇게 감동한 건 처음이었다. 그 책을 처음 본 도서관에서 나도 모르게 "우하하!" 소리 내어 웃었다. 내 기억에 스물세 살이 되기 조금 전이었다. 내가 유일하게 암송할 수 있는 시이기도 하다.

눈을 부라리며 호흡도 하지 않고 얼굴이 시뻘게지도록 쉼 없이 "사랑해!"를 내지르던 마치다 고가 떠오른다. 그 모습은 좀 무서웠지만 유머러스하기도 했다. 처음 접했을 때는 누군가를 웃기려는 코미디 같은 가사인 줄 알았다. 그런데 이쓰키와 "좋아해!"를 주고받는 와중에 이 가사를 처음 읽었을 때 느낀 감동이 되살아나서 깜짝 놀랐다. '아, 마치다 고는 진실을 노래했을 뿐이구나.' 15년 만에 깨닫고 전율을 느꼈다.

집을 지을 때 나무를 차근차근 쌓듯이, 호의 역시 쌓아올리는 것이라고 생각해왔다. 쌓아올린 것의 숙명 탓에 무너질 수 있는 위험성도 늘 함께한다. 그 때문에 호의를 전할 때는 신중

* 일본의 작가, 가수. 수많은 문학상을 수상하며 전천후 작가로 활약하고 있다.
** 『町田康全歌詩集 1977~』가도카와쇼텐(角川書店) 2009.

해야 한다. 아무 때나 내뱉지 않고, 지금이다 싶을 때 소중하게 적절히 하나씩 쌓아올리는 것. 나는 소중한 사람에게 사랑을 전하는 말이란 그런 것이라고 생각해왔다.

하지만 이쓰키와 주고받는 "좋아해!"는 내 생각과 전혀 달랐다. 수없이, 끝없이, 한없이, 바보처럼 "좋아해!"를 주고받아도 그 말의 무게는 조금도 줄어들지 않는다. 줄어들기는커녕 더욱더 강해지고, 더욱더 깊어진다. 자꾸 반복하면 싸구려가 된다는 통념이 있지만, 우리가 주고받는 말은 그 통념과 동떨어진 곳에 있다.

아무리 많이 "좋아해!"라고 말해도 한 마디 한 마디가 모두 똑같이 반짝반짝 사랑스러운 빛을 낸다. 마치 말을 자꾸자꾸 흡수하는 끝없는 그릇이 있는 것만 같다.

그 그릇에는 아무리 말을 들이부어도 쌓이지 않는다. 들이부으면 부을수록 그릇 자체가 물풍선처럼 확장된다. 내 머릿속에는 그런 이미지가 있다. 이쓰키와 "좋아해!"를 주거니 받거니 하면 이쓰키의 그릇이 한없이 넓어지는 게 느껴진다.

나 자신의 그릇도 마찬가지다. 내 그릇이 이렇게 커질 줄이야, 하며 놀라곤 한다. 끝없는 가능성을 느낀다. 내 그릇은 한참 전에 딱딱하게 굳었다고 생각했는데 아직 훨씬 더 넓어질 수 있었다.

앞으로 이쓰키가 어떤 '언어'를 익힐지는 모르겠다. 모르겠지만, 지금 확실한 것은 매일매일 맛있는 "좋아해!"를 실컷 먹을 수 있다는 사실이다. 그리고 더할 나위 없이 맛있는 "좋아해!"가 우리의 뼈와 살이 된다는 사실이다.

비몽사몽간에 "좋아해!"를 주고받을 때 지금 말한 것이 강하게 실감된다.

꾸벅꾸벅하는 이쓰키에게 속삭이는 목소리와 함께 살갗을 어루만지는 '속삭이는 수어'로 "좋아해."라고 하면, 이쓰키는 잠과 사투를 벌이면서도 꼭 답해준다.

아직은 매일 밤, 무려 매일 밤, 그처럼 눈부시고 맛있는 광경을 볼 수 있다. 그럴 때마다 이쓰키의 내면에 무언가가 틀림없이 스며든다는 것을 나는 알고 있다. 일단은 그것만으로도 '충분하다'고 생각한다.

2017. 12

12

서로 다른 기념일

_____ °

　지금 마나미와 이쓰키는 일 때문에 일주일 정도 집을 비우고 있다. 나는 별다른 촬영 일정도 없어서 집에 틀어박힌 채 자잘한 일을 정리하며 지내고 있다.

　아무도 없는 단층집은 휑하니 넓다. 홀딱 벗고 춤을 추든, 부르르 떨든, 공중제비를 돌든, 어떤 반응도 없다. 이렇게나 넓었나. 뭐든 인기척이 있으면 좋을 듯해 '뎃짱'이라고 이름 붙인 로봇 청소기에 매일 일을 시켰다. 빙글빙글 회전하며 성실하게 방 안을 돌아다니는 뎃짱. 장하다, 고마워.

　혼자서 전골도 만들어 먹는다. 배추에 돼지고기에 당면. 안경에 뿌옇게 김이 서려도 웃는 사람이 없다. 눈앞이 뿌연 채로 집에서 기르는 반려 청개구리 '알'을 향해 싱긋 미소를 짓는다. 보이지 않지만, 수영 중인 알도 분명 조용히 웃었을 것이다.

　밤. 이불 속으로 들어간다. 올해 최고의 한파가 닥쳤다는데 이불 속이 평소보다 싸늘하다. 혼자 누우면 좀처럼 따뜻해지지 않는다. 마나미와 이쓰키가 있을 때는 서로 온기를 조금씩 나누면서 잠들 수 있었는데. 얼른 따뜻해져라, 따뜻해지라고. 이불 속에서 꿈틀거리며 아이폰으로 찍어두었던 사진들을 본다. 집 근처 가게에서 찍은 사진이 나오자 손가락을 멈춘다.

아, 맞다. 이날이었지. 이날이 우리의 기념일이 되었지.

○ ○ ○

식료품과 약을 모두 취급해서 종종 장을 보는 그 가게는 집에서 도보로 5분, 이쓰키와 함께 느긋하게 걸으면 15분 정도 걸리는 적당한 거리에 있다. 월요일에는 적립 포인트가 두 배에 와인을 두 병 사면 50엔을 깎아주는 데다 바로 옆에 무척 맛있는 빵집이 있어서 곧잘 간다.

가게에 도착하자마자 이쓰키는 조그만 유아용 장바구니를 들고 안으로 뛰어든다. 나는 그 뒤를 쫓으면서 생활필수품을 하나둘 장바구니에 담는다. 그중 이쓰키가 들 만한 게 있으면 (대체로 요구르트, 바나나 등) 들어달라고 부탁하곤 조그만 장바구니에 넣어준다. 우리가 장을 보는 광경은 대체로 그런 느낌이다.

필요한 물건을 모두 장바구니에 담고 계산하려던 때였다. 이쓰키가 천천히 멈춰 섰다.

"왜 그래? 이제 계산할 거야."

"아빠, 아빠."

이쓰키가 엄지손가락을 삐죽삐죽 세우면서 뭔가 재미있다는 듯이 불렀다.*

"왜, 왜, 왜? 뭐가 있어?"

"있어!"

비스듬히 위쪽을 향해 펼친 오른손을 힘차게 아래로 내렸다. '있다'라는 뜻의 수어다.** 얼굴이 환하게 밝았다. 얼마나 신이 났는지 머리 위에 느낌표가 뿅 나타난 것만 같았다. 하지만 주위에는 아무도 없었고 별다른 것도 전혀 눈에 띄지 않았다. 뭐가 저렇게 좋은지 도무지 알 수 없었다. 내 머리 위에는 물음표가 둥실 떠올랐다.

"뭐야? 뭘까, 뭘까?"

오른손 집게손가락을 좌우로 흔들며 이쓰키에게 물어보았다.

---

* '아빠'를 뜻하는 수어는 한국과 일본이 동일하며, '오른 주먹의 집게손가락을 펴서 코 오른쪽에 댔다가 뗀 다음, 집게손가락을 접고 엄지손가락을 펴서 위쪽으로 세우는 것'이다.

** 한국수어에서 '있다'는 '오른 주먹의 엄지손가락과 새끼손가락을 편 다음, 엄지손가락 끝을 코끝에 대는 것'이다.

"있어!"

이쓰키는 또다시 오른손을 내리며 그렇게 말하더니 귀에 집게손가락을 대고 눈을 감았다. 음음음, 하듯이 흥겹게 몇 번이나 고개를 끄덕였다. 좀 있다가 더더욱 신난다는 듯이 눈을 확 떴다.

"음악, 있어!"

"아, 음악. 아아, 음악이구나! 음악이 있구나."

'음악'을 뜻하는 수어는 지휘봉을 휘두르는 동작에 빗대어 양손 집게손가락을 안쪽과 바깥쪽으로 흔드는 것이다.* 이쓰키는 음악에 귀를 기울이며 리듬을 탔던 것이다. 가게 안에는 음악이 흐른다는 사실이 이 순간 기억났다.

(내가 자연스레 '기억났다'라고 쓴 것을 깨닫고 무슨 기억인지 자문해봤다. 나는 보청기를 사용했던 시기에도 음악을 제대로 들은 적이 없다. 아마 만화의 묘사 때문인 듯하다. '슈퍼마켓에서 추억 어린 음악을 듣고 눈물 흘리는 여성' 같은 장면이 어렴풋이 떠올랐다. 제목이 뭐더라…)

그런데 왜 하필 지금 음악이 있다고 했을까? 아마 가게 안에 들어왔을 때부터 음악은 계속 흘렀을 텐데. 아직 문 닫으려

---

* 한국수어에서 '음악'은 '오른 주먹의 집게손가락과 가운뎃손가락을 반쯤 구부리고 손을 오른쪽 위로 빙글빙글 돌리는 것'이다.

면 멀었고. 이쓰키가 좋아하는 곡이 나왔을까? 음, 모르겠다.

"아빠, 아빠! 저기, 있어. 응? 저기, 음악, 있다고!"

이쓰키는 매우 즐거워하며 말을 걸었다. 동의를 구했다.

즐겁나 보네. 좋은 장면인데. 찰칵. 아이폰으로 그 모습을 찍었다.

"지금, 음악, 즐거워? 다행이다. 좋네, 좋지?

아빠는, 음악, 몰라. 몰라.

아쉽다. 이쓰키한테는 음악, 있어! 신나! 즐거워!"

그렇게 말하자 이쓰키가 어리둥절한 표정을 지었다. 눈을 끔벅거렸다.

이번에는 이쓰키의 머리 위에 물음표가 떠오르는 게 보였다. 순식간에 침울해져서 입을 삐죽 내밀고는 고개를 숙이고 바닥만 내려다보았다. 그대로 꼼짝도 하지 않았다.

그 반응을 보자마자 내가 무심결에 내뱉은 말에서 엄청난 불쾌감이 느껴졌다. 무슨 말을 걸어야 할지 몰라서 나도 우두커니 서 있었다.

길고 긴 몇 초가 지났다.

이쓰키는 천천히 진열대에 놓인 보리차 페트병을 두 손으로 붙잡더니 "아빠, 이거, 마시자!"라고 했다. "아, 응, 마시자." "마시자!"

돌아가는 길, 이쓰키를 안고 말을 걸었다.
수어를 하는 내 팔에 매달린 커다란 장바구니가 기우뚱기우뚱 흔들렸다.

"아빠, 음악, 안 들려. 엄마도, 음악, 안 들려.
이쓰키는, 음악, 들려. 이쓰키한테는, 음악, 있어!
아빠, 엄마, 음악, 없어! 응, 아쉽다. 아쉽지.
괜찮아. 아빠, 카메라, 있어!
음악을 봐, 좋아해! 엄마도, 같이!
아빠, 엄마, 음악을 봐, 좋아해! 좋아! 좋아!
이쓰키.
너는, 음악, 듣고, 좋았구나. 즐거웠구나.
싱글싱글 즐거운 이쓰키, 보는 거, 좋아해! 좋아! 좋아!
이쓰키, 음악, 가르쳐줘, 알았지?
이쓰키, 엄마, 아빠, 달라, 달라.
모두, 달라. 아쉬워.

오케이! 간질, 간질, 간질! 오케이!

이쓰키, 아빠, 엄마, 모두, 달라. 아쉬워.

오케이! 괜찮아. 달라서, 기뻐. 즐거워.

달라서, 좋아! 좋아! 좋아! 간질, 간질, 간질, 간질!

이쓰키, 음악, 가르쳐줘, 알았지?

오케이? 간질, 간질!"

이쓰키는 옆구리가 간지러워 자지러지듯 웃으면서도 "알았다"며 오른 주먹으로 가슴을 한 번 두드렸다.* 고개를 끄덕이기도 했다. 믿음직스러웠다.

뜻하지 않았지만 그날, 이쓰키에게 우리가 서로 다른 존재임을 처음 알렸다.

2017년 10월 17일 화요일. 우리의 서로 다른 기념일.

◦ ◦ ◦

정확한 해는 잊어버렸다. 하지만 본격적으로 사진을 하려고 마음먹었을 무렵이 분명하니 아마 스물세 살쯤이었을까.

---

* '알았다'를 뜻하는 한국수어는 '오른 손바닥으로 가슴을 두 번 쓸어내리는 것'이다.

술자리를 마치고 집으로 돌아가는 길, 토요일의 전철 막차에는 사람이 드문드문했다. 가장 가까운 역에서 집까지는 걸어서 20분 정도. 그 길을 하품하면서 걸어가던 중에 일어난 일이다.

은행을 지나친 순간, 저쪽 주차장에 수상한 사람이 눈에 띄었다. 캄캄해서 눈에 힘을 주지 않으면 잘 보이지 않는 곳이었다. 그 사람은 주차장 구석의 어둠 속을 불가사의한 움직임으로 서성거렸다. 노골적으로 수상했다.

주정뱅이 같았는데, 자정 무렵의 늦은 밤이라 흠칫 놀랐다. 그럼에도 속물스러운 호기심이 발동하여 멀찌감치 떨어져서 그 사람이 어쩌는지 숨죽이고 살폈다.

10미터 정도 떨어져 있었을까. 그 사람은 몇 분이 지나도 같은 자리를 서성거렸다. 서성거리다 잠시 멈췄다 다시 서성거렸다. 무슨 목적인지 전혀 알 수 없었다.

'술이란 무섭구나. 앞으로는 적당히 마셔야지.' 그런 생각을 하며 나는 몰래 웃었다.

잠시 뒤 그 사람이 주차장 안의 가로등 빛이 비추는 곳으로 나왔다. 지팡이를 짚고 있었다. 지팡이는, 하얬다.

주정뱅이가 아니었다. 앞이 보이지 않았던 것이다.

방금 전의 내 호기심이 단번에 천박한 억측으로 전락했다.

너무 부끄러웠다.

그 사실을 알고 다시금 주차장의 구조를 보니 'ㄷ' 자로 생겼고 입구가 좁았다. 게다가 차도 몇 대 주차되어 있었다. 어쩌다 주차장에 들어갔는데 차까지 장벽이 되어 혼란스러웠던 것이 아닐까. 물론 내 추측일 뿐이고 실제로는 무슨 영문이었는지 모른다.

가까이 다가가서 보니 머리카락이 새하얀 게 꽤 연배가 높은 사람이었다.

"혹시 길을 잃으셨어요? 여기는 ○○은행 주차장이에요. 할아버지 댁은 어디세요? 모셔다 드릴 테니까 괜찮으시면 주소를 알려주세요. 같이 돌아가시죠."

…실은, 이렇게 말을 걸고 싶었다.

그렇지만 어떻게 말했더라… 기억나지 않는다. 기억하는 건 내 명료하지 않은 발음에 이상한 낌새를 느꼈는지 흠칫 놀라던 그 사람의 몸짓뿐.

나는 '아아, 목소리가 전해지지 않네.' 하고 생각했다.

"괜찮아. 나, 듣지 못해. 당신 말, 몰라. 하지만, 여기, 아냐. 이쪽, 이쪽."

이런 느낌으로 한 단어씩 끊어서 천천히 말하며 팔을 잡고 유도해보았다. 다행히 내 뜻이 전해졌는지 할아버지는 망설이면서도 내 어깨에 손을 올렸다.

　모셔다드리려고 이런저런 방식으로 주소를 여쭤보았지만 좀처럼 소통이 되지 않았다. 아니면 경계했겠지. 그야 그럴 만하다. 어눌한 발음으로 갑자기 말을 걸어오더니 더듬더듬 같은 단어만 반복하는 듣도 보도 못한 젊은 남자. 음, 누가 봐도 수상하기 짝이 없는 인간이다.

　주차장에서 나와 큰길로 향했다. 마침 지친 듯한 사무직 여성이 역 쪽에서 다가오고 있었다. 말을 걸었다. 사람이 드문 곳이라 또 흠칫 놀랐다.

　"죄송해요! 저, 못 들어요. 저, 이걸 봐주세요…."

　나는 미리 용건을 적어둔 폴더형 휴대전화 화면을 여성에게 보여주었다. (이때가 아마 2007년이었을 텐데, 문득 생각나 조사해보니 내 소통 방법을 혁신적으로 바꿔준 아이폰이 발표된 해였다!)

　갑자기 죄송해요. 이 할아버지는 앞을 못 보시는데 길을 잃어버리신 거 같아요. 그런데 저는 듣지 못해서 할아버지의 주소를 여쭐 수가 없어요. 제가 모셔다드릴 테니까 주소만 여쭤봐주시면 안 될까요?

여성은 휴대전화를 보기 전까지 잔뜩 경계했지만, 전부 읽은 다음에는 조금이나마 누그러진 것 같았다. "알겠어요!"라고 흔쾌히 승낙하더니 할아버지에게 무언가를 물었다. 두 사람은 한동안 이야기를 나누었다.

잠시 뒤 여성이 내 휴대전화에 할아버지의 주소를 쳐주었다. 여성에게 감사를 전하고 헤어졌다. 그 주소를 보고, 이번에는 내가 흠칫 놀랐다.

너무 짜놓은 것 같아서 "뭐야, 말도 안 돼!"라고 핀잔을 들을 걸 각오하고 쓴다. 그곳은 당시 내가 살던 공영주택이었다. 심지어 같은 동에 내가 3층, 할아버지는 1층이었다.

"우와, 저도, 여기… 여기 살아요. 저, 여기, 3층, 살아요. 같이 가요. 집에, 돌아가요."

얼마나 전해졌는지 할아버지가 무슨 말을 했는지 모르지만, 어쨌든 할아버지가 내 팔을 붙잡게 하고 길을 안내하면서 함께 돌아갔다.

이따금씩 높낮이가 다른 곳이 나오면 "아, 여기, 조금, 높아. 조심해."라고 말했다. 또 "여기는 공원이에요."라고 눈에 보이는 광경을 내 나름대로 발음해서 전하기도 했다. 집이 가까워질수록 할아버지가 내 팔을 붙잡은 손에서 긴장이 가시는 게 느껴졌다.

공영주택에 도착해서 할아버지 댁 앞까지 모셔다드렸다. 이렇게 가까이 살았는데 전혀 몰랐다니 놀라울 따름이었다.

할아버지가 열쇠를 열고 집 안으로 들어가려 할 때, 제대로 전해지도록 천천히 정성스럽게 말했다. "안녕히 주무세요." 할아버지는 고개를 끄덕였다. 악수를 했다. 거칠고 앙상한 손이었다. 힘은 셌다.

그날 나는 처음으로 시각장애인 안내를 체험했다.

○   ○   ○

요즘도 본가에 돌아가 늦은 밤 가까운 역에서 내릴 때마다 그때 일을 또렷이 떠올릴 수 있다. 그날 일을 생각하면 이런저런 이유로 욱신거리듯이 통증이 찾아왔다.

내가 앞을 보지 못해 곤란한 사람을 천박하게 실실 웃으며 보기만 했다는 사실. 지금이라면 아이폰의 음성 인식 기능을 이용해 매끄럽게 대화하지 않았을까, 아니, 당시에 더 자연스럽게 얘기할 수도 있지 않았을까, 하는 소통 방법을 둘러싼 가능성에 대한 생각. 내가 말을 걸자 할아버지와 여성이 지은 흠칫하는 표정. 제대로 안내하지 못해서 할아버지가 넘어질 뻔했던 순간.

한편으로는 달콤한 기억도 있다. 시간이 꽤 지나서야 달콤해졌지만.

할아버지와 여성이 무언가 웃으며 이야기했던 것. 할아버지에게 팔을 붙잡힌 채 맑게 갠 겨울 별하늘을 올려다본 것. 무사히 도착해서 할아버지의 집이 맞는지 확인한 순간 느낀 녹아내리는 듯한 안도감.

그날의 기억에는 아픔이 있다. 동시에 달콤함도 있다. 꿀꺽 삼킬 수 없는 기억이라 언제나 가슴속에 걸려 있다. 그 때문에 그날 일을 잊지 않고 다양한 관점에서 떠올릴 수 있다.

그날이 나의 첫 번째 서로 다른 기념일이 되었다.

이런저런 일이 많았지만 역시 멋진 날이었다.

보지 못하는 사람과 듣지 못하는 사람. 이 둘은 정반대라고 해도 지나치지 않을 정도로 입장이 다르다. 한쪽은 시각으로, 다른 쪽은 청각으로 대부분의 정보를 얻는다. 각자 전혀 다른 정보를 수집하는 것이다. 그래서 통역이나 가이드 같은 제3자가 끼어들지 않는 이상 절대로 소통할 수 없다고 믿어 의심치 않았다. 그날까지는 말이다. 물론 여성이 도와주지 않았다면 할아버지와 나는 계속 엇갈렸을 것이다.

그 여성에게는 무척 감사하다. 그런데 그 감사는 '개인'이 '개인'에게 '개인'으로서 할 수 있는 부탁을 들어준 일에 대한 것이다. 그렇게 당연한 일에 대한 감사라 마음에 걸리는 것 없이 깔끔하다.

당시 나는 청자에게 열등감을 품고 있었다. (지금도 그런가.) '이런 저에게 친절을 베풀어주셔서… 감사할 따름입니다. 하느님, 보살님, 부처님, 참말로 감사합니다. 감사합니다.' 이렇게까지 비굴한 마음을 끌어안고 있었다. 그런데 그때는 할아버지를 돕는 데 정신이 팔려 그런 생각을 할 여유가 없었는지 여성에게 거침없이 묻고 서슴없이 헤어졌다.

'아, 이렇게 대할 수도 있구나. 이래도 되는구나.'

시각장애인, 그리고 청인과 관계 맺는 새로운 방법을 깨달은 순간, 기존의 내 믿음은 해체되었다. 세계가 한층 평온해졌다.

'전혀 다르다.' 그때껏 이 말은 차별과 괴롭힘 같은 폭력의 기반이 될 뿐이라고 생각해왔다. 하지만 우연들이 겹쳐 뜻하지 않게 할아버지와 엮이면서 새로운 소통법의 문이 열렸다.

"달라서 즐겁다." 이렇게 말할 수도 있음을 그때 처음 알았다. 나와 동떨어졌다고 여겼던 서로 다른 두 세계와 어떻게든 만날 수 있었다. 그때의 기억에는 볼품없을지라도 기묘한 감동이 감돌았다. 그처럼 달콤쌉쌀한 '서로 다름'을 강렬하게 느낀 날을 나는 '서로 다른 기념일'이라고 부른다.

사회적 소수자로서 항상 느낄 수밖에 없는 차디찬 '다름'에 대해 그저 비관하거나 분노할 게 아니라, 그럼에도 불구하고 비할 바 없는 기쁨이 어딘가에 있으리라고 믿자.

"달라서 즐겁다." 무슨 일이든 일단 이렇게 단언해버리고 시작하자. 그러려고 한다, 나는.

○ ○ ○

스물다섯 살에 오사카 근교를 산책하다 겪은 일이다.

도로 한복판에서 피를 토하며 괴로워하는 고양이와 조우했다. 차에 치인 지 얼마 안 된 듯했다. 가해 차량은 이미 저 멀리 갔는지 보이지 않았다.

오가는 차들은 요령껏 고양이를 피해서 달렸다. 보행자들은 멀리서 힐끔힐끔 볼 뿐이었다. 고양이는 처절할 만큼 피투성이였는데, 탈장된 채 격렬하게 몸부림쳤다. 너무나 대비가 강렬한 광경이었다.

신호등이 파랗게 바뀌었고, 나는 용기 내어 그 고양이를 끌어안았다. 똥까지 싸서 냄새가 지독했다. 몸은 매우 뜨거웠다. 미적지근한 피가 손바닥에서 뚝뚝 떨어졌다. 근육이 꿈틀꿈틀 경련했다.

가까운 공원으로 향하는 도중에 고양이는 숨이 끊어졌다. 힘이 빠져나가 축 늘어지는 게 느껴졌다.

다행이라고 생각했다.

도로에서 널브러진 채 죽어 납작하게 될 바에는 훨씬 다행이었다.

고양이를 공원의 나무 아래에 묻었다.

그날 일도 몇 번이나 떠올랐다.

처음 그 고양이를 보았을 때, 나는 무시무시한 광경에 압도되어 파란불이 빨간불로 바뀌었다 다시 파란불이 켜질 때까지 꼼짝도 못 했다. 그동안 고양이가 몸부림치는 걸 보기만 했다. 안아 올릴 때는 마음속으로 두려워했다.

그때 머뭇거린 게 여태껏 후회스럽다. 더 빨리 이럴 수도, 저럴 수도 있었다. 하지만 그와 동시에 고양이가 내 손안에서 마지막을 맞을 수 있었던 것에는 역시 묘한 기쁨이 들었다.

그날 역시 내게 소중한 '서로 다른 기념일'이다.

생각해보면 이별, 죽음, 탄생은 궁극의 '서로 다름'을 실감하는 순간이기도 하다. 그 때문에 그와 관련한 기억들에는 씁쓸한 고통과 기묘하게 달콤한 기쁨이 한데 뒤섞여 있다.

그저 괴로운 기억이 아니다. 그저 기쁜 기억도 아니다.

어떻게 해도 괴로울 걸 알지만 그럼에도 반복해서 떠올리며 그 속에서 희비가 뒤섞인 생각을 끄집어내게 되는 기억, 그런 기억들에 의해 지금의 나라는 존재가 빚어졌다. 성장하는 사고의 원천은 바로 서로 다름의 경계선에 있었다.

왠지 알사탕 같다. 아무리 핥아도 절대로 녹지 않는 마법의 알사탕. 간단히 소화시킬 수 없고 맛과 색이 늘 변해서 대굴대굴 굴리며 언제까지나 달콤쌉쌀하게 맛볼 수 있다.

오늘도 누군가는 기쁨이 숨겨진 눈물을 흘리고 있겠지.

서로 다른 기념일. 축하해요.

지금 너는 두 살하고 8개월이 되었다. 키 115센티미터, 체중 15킬로그램.

귀엽고 포동포동하다. 매일 기운차게 뛰어다닌다.

지문자로 "레몬"이라 말하며 레몬맛 사탕을 조른다. 숫자는 1에서 20까지 손가락으로 표현할 줄 안다. '8'의 지문자는 다른 손가락을 모두 펴고 새끼손가락만 꺾어야 해서 어려운데 벌써 해내서 깜짝 놀랐다.

왠지 마나미의 머리 끈을 무척 좋아해서 툭하면 등을 기어올라 하염없이 머리 끈을 잘근잘근 씹는다.

"물어도(이빨로 깨무는 척) 괜찮아?(오른손 새끼손가락을 세우고 턱을 톡톡 두드림)"라고 고개를 갸웃하며 묻고는 내

---

*   '괜찮다'를 뜻하는 수어는 한국과 일본이 동일하다.

가 싫다고 해도 아랑곳하지 않고 팔뚝을 깨문다.

"핥아도 돼?"라고 변주하기도 한다.

내 컴퓨터의 화면 보호기로는 천체 사진들이 무작위로 흐른다. 그 사진들을 볼 때마다 "우주(머리 위로 집게손가락을 들고 둥글게 원을 그림),* 좋아. 우주, 갈 거야? 갈 거야?"라고 묻는다.

틀린 말에도 민감해졌다. 저번에 보리차를 가리키며 내가 "물 마실래?"라고 하자, 무릎을 쫙 벌리고 서더니 양팔로 'X'를 그리며 나를 향해 "땡!"이라고 했다. 그러고는 장난스럽게 웃으며 "틀렸어(오른손 엄지손가락과 집게손가락을 편 다음 손바닥을 뒤집듯이 손목을 180도 돌림),** 보리차야." 하고 정정해주었다.

너는 종종 뒤에서 마나미를 끌어안고 마나미의 턱에 네 손을 대었다 떼며 "좋아해, 좋아해, 좋아해, 좋아해, 좋아해, 좋아해, 좋아해, 좋아해, 좋아해."라고 한다. 수어에 상대방의 몸을 이용해 더욱 직접적으로 '말'을 전할 수 있음을 네게서 배웠다.

-     한국수어에서 '우주'는 '오른손 집게손가락으로 위를 가리켰다 아래를 가리킨 다음, 두 손의 끝을 얼굴 앞에서 맞댔다가 손을 떼고 원을 그리며 아래로 내려서 다시 두 손이 닿게 하는 것'이다.
-     한국수어에서 '틀리다'는 '오른 눈 옆에 오른손 집게손가락과 가운뎃손가락을 겹쳐서 세운 다음 손가락을 튕기는 것'이다.

그와 동시에 음성언어의 어휘도 풍부해지는 모양이다.

마나미가 내 여동생 유키노와 함께 일하기 때문에 너는 종종 유키노의 집에서 잔다. 유키노의 가족은 모두 음성으로 대화한다. 그래서인지 네가 마나미에게는 수어로, 여동생네 가족에게는 음성으로 자연스럽게 구분해서 대화한다고 들었다. 그리고 발음에도 별다른 문제는 없다고 한다.

。 。 。

기억의 뿌리에 오랫동안 남아서 그 사람이 어떤 식으로든 계속 구애를 받게 되는 체험을 '원체험原體驗'이라고 한다. 너라는 존재와 관련한 내 원체험은 이 세상에 막 찾아온 너의 눈빛에 꿰뚫린 순간부터 시작되었다.

엄마의 배 속에서 머리를 내밀고 처음 공기를 들이쉰 순간, 귓전으로 피가 쏠리며 너는 울음을 터뜨렸다. '어떤 소리였을까?' 지금도 가끔씩 상상한다. 언제까지나 상상할 수 있는 아름다운 수수께끼로서 네 첫 울음소리는 내 마음속에 있다.

그때 엄마의 머릿속에는 새하얀 빛이 튀었다고 한다. 시력이 0.04라 어렴풋이 볼 수밖에 없었던 세계가 무척 선명해졌다고 한다.

"방 안에 가족, 친구, 조산사까지 아홉 명이 있는데, 왠지 오키나와의 섬에서 울창한 나무들에 둘러싸여 휴양할 때랑 기분이 비슷했어. 엄청 떠들썩한데, 무척 고요한 느낌."

태줄로 연결된 채 엄마 품에 안겼을 때, 너는 가늘게 눈을 떴다. 그 눈빛이 내게로 쏟아졌을 때… 피와 양수의 냄새가 나는 한편 생명을 생명답게 하는 기원의 '말'을 눈으로 들은 듯했다. 지금도 그때 그 광경이 눈앞에 뚜렷이 떠오른다.

원체험이란 그저 첫 체험을 가리키는 것이 아니었다. 마음을 도려내는 아픔과 비슷한 희열이나 감동이 있어야 원체험이 될 수 있다는 것을 알았다.

몇 달이 지나면 너는 세 살이 된다.

그리고 거의 동시에 네게 동생이 생긴다.

2018년 6월 현재, 엄마 배 속에서 둘째가 6개월째 순조롭게 자라고 있다. 예정일은 네 생일과 가까운 11월 초라고 한다.

너는 점점 더 자라며 말을 익힐 것이다. 말하지 못했던 것을 말할 수 있을 것이다. 하지 못했던 일을 할 수 있을 것이다. 그리고 우리의 생각이, 감각이 전혀 다름을 알게 될 것이다. 그렇게 우리는 점점 다른 인간이 된다. 한 가지 말을 익히면 그 말이 온갖 감각을 깨울 것이다. 그렇게 우리 사이에 있는 '서로 다름'의 경계선은 점점 더 점점 더 깊어질 것이다.

그 사실이 솔직히 쓸쓸하지만, 기쁘기도 하다.

○ ○ ○

너와 매일매일 함께하며, 나는 조금 나이를 먹었다. 허리가 아프기 시작했다. 눈도 나빠졌다. 그와 더불어 잊었던 감각을 몸으로 떠올리며 조금씩 다시 태어나고도 있다.

너와 생활하면서 목소리로도 손처럼 상대를 어루만질 수 있음을 떠올렸다. 생과 사는 종이 한 장 차이임을 떠올렸다. 갓난아이와 같은 무력함이란 거짓 없이 순수한 다정함의 결과임을 떠올렸다.

역시 마음속을 흐르는 시간이란 시곗바늘처럼 일정하게 나아가지 않는다. 마음속을 이리저리 왔다 갔다 하면서 삶과 죽음을 헤아리는 단위가 점점 더 세밀해지는 것을 실감할 수 있게 되었다. 네 덕분이다.

너와 함께 생활하면서 새롭게 생각한 것도 있다.

'서로 다름'은 승부를 가르거나 동일성을 추구하기 위한 것이 아니다. 서로 다름의 골짜기를 그대로 두고 그 사이를 뛰어 넘어 교류하려 할 때 비로소 지혜와 용기가 생겨난다. 미지의 존재인 너를 만나 느낀 이런저런 것들은 전부 나 혼자서는, 또는 마나미와 둘만으로는 결코 느낄 수 없었을 것이다. 그렇게 함께 느낀 모든 것들이 재미있다.

물론 서로 다름의 경계선이 깊어질수록 뛰어넘기란 힘들다. 귀찮고, 무섭고, 노력에 지혜에 운동도 필요하다. 나는 늘 힘들다고 귀찮다고 생각한다. 정말로 큰일이다.

하지만 '서로 다름'을 뛰어넘으면 마치 말 위에 올라타 말 등을 손으로 쓰다듬으며 주위를 둘러보는 듯한, 어딘지 부드럽고 기분 좋은 따뜻한 풍경이 펼쳐진다. 뜻대로 되지 않는 '서로 다름'을 굳이 뛰어넘지 않으면 볼 수 없는 풍경이다. 그 풍경 역시 정말이다.

네가 찾아와서 비로소 볼 수 있게 된 풍경은 예상보다 훨씬 아름다웠다. 그래서 아이를 한 명 더 맞이하자고 마음먹을 수 있었다.

○ ○ ○

이 책은 출판사 이가쿠쇼인医学書院의 편집자 시라이시 마사아키白石 正明 씨가 없었다면 못 썼을 것이다. 나 혼자서는 도저히 이렇게 많은 말을 풀어내지 못했을 테니까.

네가 태어나고 얼마 지나지 않았을 때 시라이시 씨와 역 근처의 복고풍 카페에서 만났다. 그 자리에서 이 책에 대해 처음 이야기했다. 처음에는 한 달에 한 챕터씩 원고를 썼지만, 동시에 쓰던 다른 책『목소리 순례』에 애먹는 바람에 그쪽에 집중하느라 한동안 이 책은 집필을 중단했다. 이 책이 중간에 1년을 건너뛴 것은 그 때문이다. 그렇게 지지부진한데도 시라이시 씨는 아무 말 않고 기다려주었다.

시라이시 씨가 너를 처음 만난 날, 그는 너를 무척 사랑스럽게 바라보았다. 한번은 생후 3개월쯤 된 네가 "이, 쓰, 키"라고 지문자로 말하는 내 손을 꼭 끌어안는 영상을 보낸 적이 있다. 시라이시 씨는 흠뻑 빠져서 귀엽다고 답장을 주었다. 마치 친척 아저씨가 어쩌다 보니 편집자가 된 것 같았다.

시간이 지나 다른 책의 집필이 순조로워져서 다시 이 책을 쓰기 시작했다. 네가 성장했기 때문인지, 아니면 다른 책에서 내 과거를 시시콜콜히 스스로 납득할 만큼 썼기 때문인지, 그 전과는 전혀 다르게 더 이상 과거의 속박에 연연하지 않고 새롭게 쓸 수 있었다.

그렇게 이 책의 원고를 쓰다 "한 권 분량이 쌓였네요."라고 시라이시 씨가 말해주었다. 그와 거의 동시에 『목소리 순례』

의 담당자들도 "책으로 묶을 수 있겠어요."라고 했다.

한쪽을 나중으로 미룰 수 있었고, 그래야 합리적이었을 것이다. 하지만 나는 『목소리 순례』에 쓴 말들이 있었기 때문에 비로소 『서로 다른 기념일』을 쓸 수 있었다. 내게는 두 책이 형제 관계나 마찬가지였다. 그래서 밑져야 본전이라는 마음으로 "출판사는 다르지만 같은 디자이너에게 부탁해서 동시에 출간할 수는 없을까요?"라고 제안했다. 그랬는데 세상에, 두 출판사 모두 승낙해주었다. 이런 식으로 다른 출판사에서 책을 내는 것은 전례가 없는 모양이었다.

다른 출판사에 판형도 다르지만 한눈에 비슷한 분위기가 전해지도록 해달라는 억지스러운 부탁을 디자이너는 흔쾌히 들어주었다.

이런 과정을 거쳐 뜻하지 않게도 너의 탄생을 기점으로 하는 '그때까지'와 '그때부터'의 이야기가 동시에 책으로 나왔다. '서로 다름'을 뛰어넘는 또 다른 방식을 보여주게 되어 기쁘다. 책 출간에 관련된 모든 분들에게 진심으로 감사하다.

『목소리 순례』에서는 사진을 중심으로 내가 여러 사람들과 만나고 다양한 목소리를 찾으면서 '네게 다다르기까지'를 다루었다. 『서로 다른 기념일』에서는 '네가 태어나고부터' 알게 된 새로운 현상을 적었다.

내가 쓴 책을 보면서 새삼스레 깨닫는다.

너와 함께했기에 비로소 알게 된 것이 참 많다.

그리고 너와 마찬가지로 소중한 마나미.

또 한 사람이 있다. 과연 어떤 사람일까.

무슨 일들이 시작될까.

아아, 끝나지 않는구나.

살아가는구나.

계속해서.

2018년 6월 사이토 하루미치

"1인치 정도 되는 (자막의) 장벽을 뛰어넘으면 훨씬 더 많은 영화를 즐길 수 있습니다."

2020년 1월, 골든 글로브 시상식에서 외국어영화상을 받은 봉준호 감독은 이런 수상 소감을 말했다. 이 말에 많이 이들이 환호했다. 나 역시 그랬다. 한국어라는 소수 언어를 쓰며 나라 밖에 나갈 때마다 무의식중에 주눅 들던 사람으로서 왠지 속 시원하기도 했다.

그로부터 얼마 지나지 않아서 장애인권단체 '장애의 벽을 허무는 사람들'은 농인이 청인과 동등하게 지상파 메인뉴스를 시청할 수 있도록 한국수어 통역을 제공하라는 진정을 국가인권위원회에 제출했다. 국가인권위원회는 진정을 받아들여 지상파 3사에 메인뉴스 수어 통역을 권고했다. 당시 MBC는 '장애의 벽을 허무는 사람들'의 진정에 다음과 같은 입장을 밝혔다.

"(수어 통역은) 비장애인 시청자의 시청권 제약으로 이어질 수 있을 뿐만 아니라 모든 시청자에게 보다 정확하고 다양한 정보를 제공하는 기능이 제한될 수 있다."

타 방송사도 표현은 다르지만 메인뉴스 수어 통역에 대한 입장이 대동소이했다. 그러면서 법적 기준보다는 수어 방송을 많이 편성하고 있다고 밝혔다. 법적 기준은 '5퍼센트'다.

영화의 자막과 뉴스의 수어 통역, 둘 중에 무엇이 더 넓은 면적을 차지하는지는 모르겠다. 다만 두 사례를 접하며 우리 사회의 '서로 다름의 경계선'이 얼마나 깊고 넓은지 실감했다.

『서로 다른 기념일』에는 신체도, 감각도, 언어도, 표현도 모두 다른 가족의 일상이 담겨 있다. 말 그대로 온몸을 이용해 서로 마주 보고 대화하는 세 사람은 소통에 있어 언어와 표현의 역할에 많은 생각거리를 준다. 하지만 이 책은 농인과 코다의 삶, 그리고 농문화와 수어 소통을 소개하는 데 그치지 않는다. 그보다 사람이 용기 내고 노력하여 '서로 다름의 경계선'을 뛰어넘었을 때 그 앞에 얼마나 경이로운 세계가 펼쳐지는지 보여준다. 그 세계의 풍경을 글을 통해 잠시 보았을 뿐임에도 나 자신의 지평이 넓어짐을 느꼈다.

예전에 번역은 '서로 다름의 경계선'을 메우는 작업이라 생각했다. 경계선을 최대한 평탄하게 다듬어 독자들이 불편하지 않도록 해야 한다고 말이다. 이번에는 조금 다른 시도를 해보려 했다. 이 책에는 한국어, 일본어, 한국수어, 일본수어가 담겨 있다. 네 언어의 경계선을 남겨둠으로써 우리 곁의 '서로 다름'을 보여주려고 했다. 누군가 그 경계선을 뛰어넘어 새로운 세계를 보았다고 한다면 옮긴이로서 더할 나위 없이 기쁘겠다.

마지막으로 당부 말씀을 드린다. 이 책의 각주에 설명한 한국수어는 수어라는 언어의 극히 일부에 불과하다. 수어는 손모양만으로 구성되지 않기 때문이다. 그러니 부디 수고스럽더라도 국립국어원 한국수어사전 등에서 각주에 등장하는 수어를 한번 찾아보길 권한다. '서로 다름의 경계선'을 뛰어넘는 용기와 노력이란 바로 그런 수고일 것이다.

2020년 8월 김영현

서로 다른 기념일

초판 1쇄 발행 2020년 8월 21일
초판 3쇄 발행 2022년 1월 17일

지은이 사이토 하루미치
옮긴이 김영현
감수 이길보라 이현화
펴낸이 김효근
책임편집 김남희
펴낸곳 다다서재
등록 제2019-000075호(2019년 4월 29일)
주소 10358 경기도 고양시 일산동구 산두로 180 709-302
전화 031-923-7414
팩스 031-919-7414
메일 book@dadalibro.com
인스타그램 https://www.instagram.com/dada_libro

한국어판 ⓒ 다다서재 2020
ISBN 979-11-968200-3-9 03830

이 도서의 국립중앙도서관 출판예정도서목록(CIP)은 서지정보유통지원시스템
(http://seoji.nl.go.kr)과 국가자료종합목록구축시스템(https://kolis-net.nl.go.kr)에서
이용하실 수 있습니다. (CIP제어번호: CIP2020031469)